Puisque rien ne dure

Laurence Tardieu

Puisque
rien ne dure

roman

Stock

L'auteur remercie le Centre national du Livre
pour son aide.

Pour Clémence

Vincent (juin 2005)

Je meurs voilà ce qu'elle m'écrit Vincent je meurs viens me voir viens me revoir une dernière fois que je te voie que je te touche que je t'entende viens me revoir Vincent je meurs. Et au bas de la feuille, en tout petit, presque illisible, son prénom, Geneviève, tracé lui aussi au crayon à papier, comme le reste de la lettre, de la même écriture tremblante, défaillante, si ce n'avait pas été ces mots-là on aurait pu croire à l'écriture d'un enfant, on aurait pu sourire, froisser la feuille, la jeter à la poubelle et l'oublier; mais non, ce n'est pas un enfant, c'est Geneviève qui meurt.

Geneviève. J'essaie de prononcer ton nom. Je le chuchote pour faire cesser le tremblement de mes mains, le tremblement de mon corps. Geneviève. C'est difficile. Depuis que j'ai lu ta lettre, depuis le fracas silencieux de la lecture de ta

11

lettre, depuis qu'il n'y a plus que toi et rien ni personne d'autre, comme si le monde s'était soudain révélé un misérable décor de carton-pâte et que, les pans du carton effondrés, étaient apparus les murs entre lesquels je vis enfermé, des murs qui ne peuvent accueillir que toi et moi, les autres ne pouvant nous rejoindre, les autres étant ailleurs, loin, loin de nous puisque ces murs sont notre solitude, toi te heurtant à moi, moi me heurtant à toi, sans que ni l'un ni l'autre ne puissent échapper à cette fatalité, depuis cet après-midi c'est la même épuisante sensation, je prononce ton nom et chaque fois il me semble ne pas être celui qui le prononce, comme si un autre se substituait à moi, comme si un autre s'emparait de moi ; comme si j'allais bientôt m'effacer. Je me perds. Qu'on me sauve, je me perds. Qu'on me prenne dans les bras.

Je pensais que nous ne nous reverrions jamais : ce que nous avions traversé ressemblait à une chute lente et silencieuse, comme dans ces rêves d'enfant qui, des années après, continuent de nous poursuivre. Amarrés l'un à l'autre, nous n'en finissions pas de tomber ; il a fallu que nous nous séparions. Il n'y avait pas d'autre issue possible. Pourquoi romps-tu le pacte tacite que nous avions scellé ? Ne sais-tu pas que je suis un lâche, que la mort me terrifie et le passé aussi, notre passé, celui auquel je ne veux plus penser, Geneviève, celui que depuis quinze ans j'ai rayé parce que je ne pouvais pas faire autrement, comprends-tu, c'était lui ou moi or moi je ne voulais pas mourir, j'avais quarante ans, je voulais encore me sentir vivant, éprouver le plaisir, éprouver la joie, je ne voulais pas que mon corps s'en aille en pourriture, que de moi, Vincent, il ne reste rien, un nom sur une tombe, rien, comme si je n'avais pas vécu, parce que je n'avais encore rien fait qui puisse me survivre, ou plutôt si, ce que j'avais fait, ce que *nous* avions fait avait disparu, alors moi je ne voulais pas disparaître à mon tour, je voulais m'accrocher, résister, vivre encore, vivre.

Je ne sais que penser. Je suis au volant de ma voiture lancée à toute vitesse sur l'autoroute, de minute en minute je me rapproche de toi et je sens quelque chose gronder en moi, qui ressemble à la peur. J'essaie de me dire que tu es en train de mourir mais je n'arrive pas à comprendre ce que cela signifie. Je n'y arrive pas. Je prononce la phrase doucement, comme un enfant répétant les mots d'un autre : Geneviève est en train de mourir. Mais ça ne veut rien dire. Ça n'a aucun sens.

Es-tu seule ? Es-tu seule ou y a-t-il un homme à tes côtés, qui patiemment éponge ton front, te tient la main, te propose à boire, un homme ou peut-être un enfant, en quinze ans on a le temps de faire un enfant, même deux, même trois, on a le temps de mettre au monde et de donner et de voir grandir. Pourquoi as-tu besoin de me revoir ? Tout n'a-t-il pas fini il y a quinze ans ? Les années qui se sont écoulées depuis, au cours desquelles je me suis appliqué, chaque jour, de toutes mes forces, à ne pas penser à toi, à ne pas penser à nous, soudain nous n'avions pas existé, c'était si simple, il suffisait d'y croire, nous n'avions pas existé puisque c'était fini, qui aurait pu me forcer à me souvenir de nous, c'était fini, il ne restait rien de nous, et puisqu'il ne restait rien de nous avions-nous seulement existé, les images qui me traversaient parfois, fulgurantes, douloureuses, n'étaient-elles pas les images d'un rêve ou d'un livre que j'aurais lu ? Je pensais être parvenu à me déposséder de nous.

Nous allons nous faire du mal, Geneviève. Pourquoi nous faire du mal si bientôt tu n'es plus là, pourquoi remuer la souffrance en nous ? Ne vaudrait-il pas mieux laisser tout ça reposer en paix ? Il me semble que lorsqu'on sent la nuit venir, on aspire à l'ordre et non au désordre. Le temps n'est plus à la quête.

Et moi qui vais vers toi, moi qui, à peine après avoir lu ta lettre suis parti comme un voleur, sans prendre même la peine d'enfiler une veste, moi qui suis en train de me précipiter vers toi.

L'autoroute est presque déserte. Il a fait si beau aujourd'hui. C'est une journée pour s'échapper des villes, pour se promener dans la campagne et s'allonger sur l'herbe, ne penser à rien, redevenir insouciant. Ce n'est pas une journée pour mourir. C'est idiot de penser ça, bien sûr : il n'y a pas de jour pour mourir. Mais je ne sais plus penser ce soir, alors je me donne le droit de rêver, comme le font les enfants, je me donne le droit de rêver qu'on ne peut pas mourir lorsque la nature est resplendissante. Me revient en mémoire une des premières journées que nous avions passées ensemble, moi qui ne veux pas me souvenir du passé cette journée resurgit, éclatante. Je me souviens de chaleur et de champs remplis de fleurs, de foin coupé, tu portais une robe mauve et nous avions eu envie d'aller à Giverny, je n'y étais encore jamais allé, toi tu connaissais, bien sûr, tu connaissais tant de gens, tant de choses, tant de lieux lorsque je t'ai rencontrée. Arrivés à Giverny il y avait trop de monde, nous avions renoncé, nous n'avions pas envie de nous mêler aux autres, nous avions envie d'être seuls, de nous croire seuls, nous étions amants depuis quelques jours à peine et ce commencement était si fort, être ensemble voilà tout ce qui importait, être ensemble et s'embrasser et se raconter et caresser le corps de l'autre, rien d'autre ne comptait. Nous nous étions promenés dans la campagne, je ne sais pourquoi je me souviens de cette journée, de ta robe mauve, de notre joie, quel âge avions-nous, vingt-cinq, vingt-sept ans peut-être. Trente ans ont passé. Je ne peux pas croire. Trente ans ont passé.

J'accélère, je ne peux pas faire autrement, j'accélère pour me forcer à concentrer mon attention sur la route, la route et rien d'autre, ou le passé risque de resurgir dans toute sa violence, je le sens, cette journée de soleil à Giverny n'est sortie de l'oubli que pour entraîner à sa suite d'autres journées, un cortège de journées sans soleil, sans robe mauve, sans foin coupé. Des journées de terreur que je me suis efforcé d'oublier. Je ne veux pas, je ne peux pas penser à tout ça, pas la force, pas le courage, je suis fou de rejoindre Geneviève, je devrais rebrousser chemin, prendre l'autoroute en sens inverse et rentrer chez moi, oublier la lettre, oublier Geneviève. Car la lettre aurait pu s'égarer. Combien de lettres se perdent chaque année ? Comme tant d'autres la lettre de

Geneviève écrite au crayon à papier d'une main tremblante aurait pu s'égarer et jamais je ne l'aurais reçue, jamais je n'aurais appris que Geneviève est en train de mourir, j'aurais continué à vivre comme chaque jour, de façon médiocre et satisfaisante, ne dérogeant jamais à mon précepte favori, sois sage ô ma douleur et tiens-toi plus tranquille, parce que c'est la seule manière pour moi de tenir debout, je le sais, la seule manière.

Mais je ne peux pas rebrousser chemin. Je ne peux plus tricher. Je vais au-devant de toi et c'est comme aller au-devant d'un abîme.

Il fait humide. Je n'ai rien emporté, pas même un pull. Je lui en emprunterai un. Dans quelques heures un de ses pull-overs sur moi. L'odeur de Geneviève sur mon corps alors qu'hier elle n'existait plus pour moi.

Ne pas penser à la femme que je vais retrouver. Les paroles de Pascale, tout à l'heure, comme je m'apprêtais à quitter l'appartement : « Tu ne sais pas ce que c'est qu'une femme malade, Vincent, tu ne le sais pas, tu ne t'y es pas préparé, tu t'en vas comme ça, tu lis une lettre, tu prends tes clés de voiture et tu t'en vas, mais tu ne sais pas ce que c'est, Vincent. » Sa voix s'étranglait dans sa gorge. Je l'ai regardée : de quoi parlait-elle ? Elle se tenait devant moi, un peu plus pâle que d'ordinaire m'a-t-il semblé, les mains pressées contre la poitrine. J'aurais voulu lui dire : Pascale, ce n'est pas une femme malade que je pars retrouver, c'est Geneviève, et tu ne sais pas qui est Geneviève pour moi, ce que nous avons été l'un pour l'autre, tu ne le sais pas parce que je n'ai jamais pu t'en parler, même à toi, jamais je n'ai pu ne serait-ce que prononcer son nom devant toi, parce que si j'avais prononcé son nom le fragile édifice que je tente de bâtir avec toi depuis que nous nous connaissons se serait écroulé, Pascale, tout simplement écroulé, je me serais retrouvé nu comme il y a quinze ans, nu et fragile et ployé à terre, tu ne l'as pas connu cet homme-là, bienheureuse es-tu de ne pas l'avoir approché cet homme-là, détruit, chancelant, hagard ; et aussi, observant que les lèvres de Pascale ne cessaient de trembler, je songeais dans le même temps, avec difficulté et étonnement : mais pourquoi me parles-tu de maladie, Pascale, en sais-tu quelque chose, toi ? Oui, certainement, à voir tes lèvres trembler, à entendre ta voix se briser, tu n'es pas ignorante comme moi, pourtant tu ne m'en as jamais parlé, lequel de tes proches as-tu perdu, Pascale, lequel ? Un ami, un frère ? Ton père, ta mère ? Nous vivons ensemble depuis deux ans et jamais tu ne m'en as parlé, c'est effrayant, on peut vivre au côté de quelqu'un et ne rien connaître de ses abîmes, que connaissons-nous l'un de l'autre, Pascale, tu ne connais pas mon passé et je ne sais rien du tien, que faisons-nous l'un à côté de l'autre, à nous frôler, à nous manquer ? Pascale entre-temps s'était reprise et me demandait : « Combien de temps comptes-tu rester ? » Sa voix me parvenait, assourdie, presque irréelle, je la regardais et je ne pouvais pas répondre, pour ne pas céder au vertige qui s'emparait de moi je fixais la tache de rouge à lèvres sur le col de son chemisier, la tache devenait de plus en plus rouge, de plus en plus grosse, je m'éloignais de Pascale, je m'éloignais de nous, et je ne savais pas où j'allais.

Si j'avais été à la place de Geneviève, aurais-je agi comme elle ? Si mes jours étaient comptés, l'aurais-je priée, suppliée de venir à mon chevet ? Je ne sais pas : comment se mettre à la place de quelqu'un qui va mourir ? Comment imaginer ce que peuvent être les derniers moments ? Savoir que dans quelques jours, dans quelques semaines, on ne sera plus là. Le corps disparu, la voix disparue, la pensée disparue. On est là, malade, faible sans doute, mais en vie. D'autres viennent nous voir, d'autres nous parlent, d'autres nous touchent. On existe pour eux. On a soif, on a chaud, on a froid, on souffre : on éprouve qu'on est vivant. Mais savoir que ce sont les dernières fois, les derniers frôlements de main, les derniers regards, les derniers sourires... Les dernières paroles échangées... Accepter de disparaître, sans savoir ce qui restera de soi. Et pourtant vivre chaque heure. Passer celle-là, puis la suivante, puis celle d'après. Ne pas abandonner, pas encore... Puis, soudain, se laisser emporter.

Je ne peux pas me mettre à la place de Geneviève. Je ne peux pas.

Soudain je songe à Clara. C'est effrayant. Ne pas songer à Clara. J'accélère. Je ne veux pas que nous parlions d'elle. Je ne lui parlerai pas d'elle. Nous ne parlerons pas d'elle. De Geneviève, de moi, oui. Mais pas d'elle. Ne pas toucher à elle. À son souvenir en moi, blanc et douloureux et étincelant comme la neige.

Je descends la vitre en grand. L'air s'engouffre dans la voiture. La vitesse crée un bruit assourdissant. Cela me fait du bien : le vacarme anesthésie mon cerveau, suspend les sensations. Je roule plusieurs minutes ainsi, comme si j'étais saoul, comme si j'étais heureux. Je ne pense à rien. J'ai les mains agrippées au volant et je m'enfonce dans la nuit. Je voudrais ne pas avoir de souvenirs. Je voudrais que mon corps, mon cerveau, n'aient rien conservé du passé. Que je sois dans le présent, seulement dans le présent. Je serais en chemin vers une femme inconnue. La perspective de cette rencontre éveillerait en moi de la curiosité, du désir. Tout serait possible.

Certains êtres, à mesure que le temps passe, deviennent de plus en plus libres : ils se redressent au lieu de s'affaisser. Il émane d'eux une énergie étonnante. Ils sont lumière pour qui les rencontre. J'aimerais savoir ce qu'ils ont fait des ombres de leur passé. De leurs regrets, de leurs déchirures. Comment ils s'en sont arrangés.

Parce qu'on n'oublie rien, je le sais ce soir. On n'oublie rien. Quand bien même on s'est efforcé du contraire : le passé vit en nous. Masse informe tapie au plus profond de soi, qu'on pourrait croire endormie mais qui veille… Alors, eux, ces êtres de lumière : comment font-ils ?

Je pense soudain à une parole de Geneviève, une nuit de bonheur. Clara n'était pas née. Nous étions au bord de la mer. Naples, peut-être, ou Portofino. Certainement un de ces lieux italiens qui faisaient notre ravissement. Nous avions passé une journée merveilleuse. Le soir, en s'endormant, dans un souffle Geneviève avait murmuré : « Crois-tu qu'il existe des gens qui ne connaissent pas la joie ? Qui passent une vie entière sans la rencontrer ? » Je n'avais rien répondu. Elle s'était depuis longtemps endormie que je veillais encore, les yeux grands ouverts, bêtement stupéfait de comprendre, grâce à Geneviève, que les instants que nous vivions étaient des instants de bonheur, de joie, oui, il fallait oser prononcer le mot et elle l'avait fait, et grâce à elle j'en prenais conscience et cette découverte m'y faisait pleinement accéder, me la rendant réelle. Nous étions dans la joie et nous le savions. Qu'aurions-nous pu désirer de plus ?

Tout à coup devant moi la voiture pile. Un très court instant avant que moi aussi je n'appuie sur la pédale de frein. Il s'en est fallu de peu. Je remonte lentement la vitre. Mes mains tremblent. Rarement j'ai éprouvé avec autant d'acuité ce sentiment de précarité : je suis là et je pourrais, la seconde d'après, ne plus être là. Bien sûr, savoir que bientôt Geneviève sera au fond d'un trou... Elle n'aura fait que passer. Voilà peut-être ce qu'il faudrait accepter : on ne fait que passer. Et quand bien même l'amour, le combat, la souffrance à en devenir fou... De tout ça un jour il ne reste rien.

Il est presque dix-neuf heures. Ciel flamboyant des derniers instants du jour : une alliance de rouges, de roses, de bleus. Est-ce parce que je suis en train de rouler vers elle ? Ce souvenir qui me happe, sans que je puisse y échapper : un de nos premiers voyages en voiture. Nous roulons vers la Côte sauvage. C'est l'été. Elle est assise à côté de moi. Sa voix claire occupe tout l'espace. Je l'aime. Elle est belle. Et soudain devant nous, sans que nous ayons vu le changement s'opérer, le ciel qui s'embrase. Geneviève s'interrompt. Sans doute parce que nous nous aimons, ce ciel immense, mourant, magnifique, appelle en nous le même silence, la même joie. J'ai vingt et quelques années, je ne connais pas grand-chose à la vie, mais ce soir-là je découvre en quoi amour et éternité se rejoignent.

Dans moins d'une heure je serai là-bas. Je sonnerai. Elle m'ouvrira. Essayer de nous imaginer face à face... J'avancerai vers elle. Elle attendra peut-être que je l'embrasse, ou que je la serre contre moi. Lequel de nous deux prononcera les premiers mots ? Tant de silence entre nous les dernières semaines, tant de silence, comme une étendue de neige que ni l'un ni l'autre n'avons su traverser. Comment aujourd'hui saurions-nous davantage nous parler ? Si je savais prier je descendrais de voiture, je m'agenouillerais sur le bas-côté de la route et je prierais. Seigneur, aide-moi, ne m'abandonne pas. Donne-moi la force d'être à la hauteur.

Je ne sais pas prier. Je ne sais plus espérer.

Il faudra bien en trouver, pourtant, des mots. Ne pas rester silencieux devant elle. Comme ce que tu me demandes est difficile, Geneviève ! As-tu oublié comme, les derniers temps, nous étions impuissants l'un face à l'autre ? Impuissants à nous parler, à nous toucher ; et même à nous regarder. Oui, j'en étais réduit à te fuir, je ne pouvais plus poser mon regard sur ton visage, sur ton corps, même ta voix m'était devenue insupportable, parce que lorsque je l'entendais je croyais l'entendre, elle, sa voix de fée, et c'était au-dessus de mes forces, je n'ai même pas eu besoin de te l'expliquer, tu l'as tout de suite compris, tu t'es tue, murée dans le silence ; tu ne l'as pas oublié, ça, comment pourrais-tu l'avoir oublié ? Tout ce mal que nous nous sommes fait... D'autres s'en seraient-ils sortis ? Avons-nous manqué de courage ? Pourquoi le désespoir a-t-il eu raison de nous alors que nous nous sommes tant aimés ?

Tu vois, je crois que tu as surestimé mes forces. Peut-être as-tu pensé qu'au cours de ces dernières années j'avais « fait mon deuil », comme on dit. Parce que *toi*, peut-être, tu as remporté ton combat contre la douleur. Mais moi je n'ai pas mené de combat. Je n'ai pas eu ce courage. Je me suis simplement efforcé de vivre avec ma douleur, comme une compagne indésirable avec laquelle on est obligé de cohabiter. Je n'ai jamais accepté. Jamais. Pour moi elle est toujours vivante, quelque part. Nous l'avons perdue, mais elle ne s'est pas perdue.

Voilà que je marmonne tout seul, comme les vieux, comme les fous. Je te parle comme si nous nous étions quittés hier, je ressasse les mêmes phrases qu'autrefois, combien de fois t'ai-je dit, t'ai-je crié, je me souviens : « Mais puisque je te dis qu'elle est vivante, Geneviève, vivante ! », et toi qui me regardais, patiente, silencieuse, attendant que cessent les cris, et tant de douceur me rendait plus violent encore, je ne sais pourquoi, te voir si douce, si aimante, me rendait fou, parfois je cherchais comment te faire craquer, comment te faire pleurer, oui, parfois j'aurais voulu que tu t'effondres devant moi, il me semblait que cela m'aurait fait du bien de voir que tous les deux nous nous écroulions, que tous les deux nous nous laissions emporter par la douleur. Oh, mon Dieu, une telle sensation de naufrage, et ne rien pouvoir pour l'empêcher !

Pourtant, même pendant ces accès de rage, je t'aimais encore. Je ne savais plus t'aimer comme il aurait fallu, mais je t'aimais, désespérément.

Ne t'en va pas, Geneviève, ne t'en va pas. Je

croyais connaître la solitude, mais maintenant que je te sais bientôt absente, je comprends comme je me suis trompé : c'est lorsque tu seras morte que je serai seul. Durant toutes les années où nous avons vécu loin l'un de l'autre, te savoir en vie m'aidait à vivre, à tenir bon. Tu étais là, quelque part ; je ne te voyais pas mais je savais que celle qui avait été traversée par la même douleur que moi tenait encore debout. Nous nous donnions la main sans nous toucher. Toi disparue, je vacillerai. Sous mes pieds la terre ne sera plus jamais ferme.

La nuit est tombée. Je quitte l'autoroute. Il n'y en a plus pour très longtemps. Peut-être aurais-je dû m'arrêter quelque part pour manger quelque chose, prendre des forces. Il est trop tard désormais, je ne trouverai rien d'ouvert.

Comme tout est silencieux... Elle et moi avons choisi des exils si différents ! Nous avons battu en retraite dans deux directions diamétralement opposées : pour elle la campagne, le silence, le retrait ; pour moi la ville, le bruit, la foule. Moi qui nous croyais si semblables. Non seulement le chagrin nous a détournés l'un de l'autre, mais il a aussi révélé nos dissemblances. On dit que les épreuves rapprochent ; elles nous ont disjoints. Geneviève qui aimait tant le roulis des villes... Comment a-t-elle eu envie de se perdre dans ce silence ? Moi, je n'aurais pas pu. Il me fallait l'agitation urbaine, sa rumeur étourdissante, son anonymat. Rarement je suis rentré seul chez moi le soir : combien de femmes ont-elles partagé mes nuits, me permettant d'entretenir l'illusion que la vie reprenait ses droits, le désir aussi, après tout j'étais resté un homme, le même qu'avant, ou presque, qui aurait pu m'empêcher de ne pas m'éprouver vivant ? J'ai oublié le nom, le visage, de presque toutes ces femmes avec lesquelles j'ai essayé de gagner le large. Certains détails me reviennent, mais ce sont des images isolées : je ne peux les rattacher à la femme qui les possédait. Mes compagnes, mes « accompagnatrices », ne sont jamais restées longtemps : très vite elles s'en allaient, dès qu'elles comprenaient que ce qu'elles avaient d'abord pris chez moi pour du détachement était du vide ; or les femmes savent que le vide engendre le vide, alors elles me quittaient, avec douceur, sans oser me dire quoi que ce soit : car que peut-on dire à un naufragé ? Combien de fois suis-je rentré chez moi le soir en découvrant un appartement vide... Je m'étais habitué à ces désertions, je devrais même dire : elles me soulageaient, car depuis que Clara n'était plus là plus personne ne m'était essentiel, je ne parvenais pas à m'attacher aux femmes avec lesquelles je passais mes nuits. Elles étaient là, à mon côté, souvent attentionnées, elles me distrayaient, je m'accommodais de leur présence, mais celle-là ou une autre... Il n'y avait plus de sens à rien. Je n'étais nulle part, ou plutôt, en dehors de tout. Devant moi la vie passait comme un rêve.

Seule Pascale est restée. Je ne sais pas pourquoi. Elle aussi, très vite, a compris que je n'avais pas grand-chose à lui offrir. Pourtant elle est restée. Elle a été formidable. Si la vie avait été différente, sans doute aurions-nous pu être heureux.

Et elle ? A-t-elle eu besoin, comme moi, de s'étourdir dans des rencontres hasardeuses, de crainte de se réveiller seule le matin ? Je suis sûr que non : elle n'aurait pas choisi la campagne, la solitude. Elle a dû oublier les caresses, la jouissance. Elle avait déjà tout oublié lorsque nous nous sommes quittés. « Je n'ai plus envie, elle murmurait en fuyant mon regard. Vincent, pardonne-moi, je n'ai plus envie... Je pense trop à elle. Elle est partout en moi. Elle m'a envahie. Je ne peux plus. » De ça aussi j'étais jaloux : que la petite soit restée en elle. Moi, je l'avais perdue. Perdue en moi je veux dire. Je n'arrivais pas à la retrouver. Rien d'elle : ni sa voix, ni son visage, ni ses expressions. Pas même son rire. C'était ça le plus terrible : qu'il ne me reste rien d'elle. Comme si elle n'avait jamais existé.

Je m'étais juré de ne pas penser à elle. Elle est là, plus présente que jamais. Elle est là, et elle n'est pas là. Je viens à toi, Geneviève, mais je sais que c'est elle que tu aurais voulu avoir à tes côtés pour tes derniers instants, elle, sa chaleur, son souffle, sa voix, sa main, pour avoir le droit de croire que tout n'aura pas été vain, que la vie continue, malgré tout, jaillie de toi, propagée par toi.

Pardonne-moi d'arriver seul. Pardonne-moi de n'avoir pas été capable de te la ramener, de ne pas être le père qui, enfin, parce qu'il n'aurait pas cédé au doute, parce qu'il aurait pensé à elle sans relâche, parce qu'il n'aurait pas abandonné les recherches, aurait fini par retrouver sa fille et aurait accouru vers toi, chuchotant : Geneviève, ouvre les yeux, Clara est revenue, ne t'inquiète plus, elle est là, auprès de toi, elle éponge ton front, elle te tient la main, tu peux t'en aller maintenant, en paix, en joie, ton enfant est retrouvé, la vie après toi se poursuivra.

Attends-moi, Geneviève. J'arrive. Dans quelques instants nous serons ensemble. Peut-être ne sais-tu pas comme l'air est doux. Je te proposerai d'aller dehors. Tu t'appuieras à moi et nous sortirons, sans doute as-tu un jardin, je l'imagine rempli de roses, tu aimais tant les fleurs, nous nous assiérons sur l'herbe humide, je te couvrirai d'une couverture pour que tu n'aies pas froid et nous parlerons, et peut-être parviendrai-je à te faire rire, à te faire rêver, à nous faire oublier que dans quelques jours tu ne seras plus là.

Geneviève (1990)

3 février.

C'est le douzième jour aujourd'hui. Chaque jour qui passe est plus difficile. J'ai peur de ne pas tenir. Je me sens seule. Vincent ne parle plus, il s'agite dans tous les sens, les yeux rivés sur le téléphone. La seule chose qu'il sache dire, c'est : « On va la retrouver, elle sait qu'on ne suit pas des inconnus, c'est une enfant prudente, futée, en plus elle connaît le numéro de téléphone de la maison. »

Je n'ose pas lui rappeler que douze jours se sont écoulés, qu'une des premières choses que nous ait affirmée la police, c'est que la probabilité de retrouver un enfant disparu est très forte les trois jours qui suivent la disparition, entre trois et six jours elle chute fortement, au-delà de six jours les chances de le retrouver vivant sont faibles ; qu'il n'y a aucun témoin, personne ne sait rien, ça a eu beau se passer en plein après-midi personne ne sait rien, personne n'a rien vu, rien entendu, on n'a aucune piste, les flics n'ont aucune piste, je le vois bien, ils veulent nous faire croire que oui mais je vois bien qu'ils ne savent rien, qu'ils n'avancent pas.

J'ai peur. Dieu comme j'ai peur. Je suis en train de tomber, la chute n'en finit pas, jamais je ne touche terre, je ne me brise en mille morceaux. Je tombe, je tombe, le vide autour de moi, le vide qui n'en finit pas, et personne près de moi pour me rattraper, me prendre dans les bras, me murmurer que sous mes pieds la terre est ferme. Mais qu'avons-nous fait pour mériter cela ?

L'angoisse me fait déraisonner : nous n'avons rien fait pour mériter ça, bien sûr, le mal vient de nulle part, il peut frapper n'importe qui, pour ça nous sommes tous égaux, aussi fragiles les uns que les autres : un jour on est heureux, le lendemain notre vie vole en éclats. On avait pourtant vu les autres tomber autour de soi mais on se croyait épargné, protégé, jusqu'au jour où c'est notre tour : le sol soudain s'effondre. C'est alors qu'on comprend : on est aussi vulnérable, aussi éphémère que les autres. Notre vie n'a pas davantage de valeur.

Est-ce l'orgueil qui nous rend aveugle à ce point ?

Attendre est si difficile. Comment attendre sans espérer ? Et comment espérer tout en se protégeant, en se préparant au pire ?

J'ai acheté ce cahier ce matin. Si j'arrive à écrire régulièrement, même quelques phrases, cela m'aidera. J'ai peur, autrement, de devenir folle.

6 février.

Je suis dans la chambre de Clara. Comme elle me paraît grande ce soir ! Je n'ai pourtant rien rangé depuis deux semaines, je préfère conserver son désordre : les poupées couchées les unes sur les autres, leurs vêtements par terre, les cahiers ouverts sur le bureau. Clara est partie dormir chez Camille, elle reviendra demain matin, tout sourire, les yeux cernés d'avoir discuté et ri tard, et comme ce sera bon de l'embrasser, de sentir sa chaleur, d'entendre sa voix fatiguée !

S'autoriser à rêver. Lorsqu'on ouvre les yeux le réel nous saute à la gorge, mais on a gagné un instant de douceur, un instant avec Clara.

Vincent est dans le salon. Je l'entends aller et venir, tourner en rond, comme il ne cesse de le faire depuis quinze jours. Il s'assied, se relève, prend un journal, parcourt la première page, le repose, se relève, décroche le téléphone, raccroche, se rassoit... Il ne peut pas rester en place plus de dix minutes. Il ne sait pas que je me suis réfugiée là, dans la chambre de la petite. Je n'ose pas lui dire que j'y entre parfois, lorsque l'angoisse m'étreint trop, m'enveloppe jusqu'à m'empêcher de respirer, lorsque je me sens extralucide et qu'il me semble évident que jamais plus nous ne reverrons Clara. Je n'ose pas le lui dire. Je n'ose presque plus rien lui dire... Nous nous éloignons si vite l'un de l'autre.

C'est ici que j'ai décidé d'écrire, les soirs où j'en trouverai l'énergie. Ce sera l'objectif de mes journées : cette pause arrachée à la panique, à la nausée, ces minutes d'écriture qui me permettront de ne pas perdre le dialogue avec moi-même. Parce que, moi aussi, au fur et à mesure que les jours passent, j'ai l'impression de ne pas me reconnaître. Je m'éloigne de moi. Je ne sais plus penser, je vis dans la peur, je vis dans l'attente, l'espace et le temps se sont condensés jusqu'à tout rendre immobile en moi et autour de moi, je suis tétanisée, je voudrais hurler mais je reste silencieuse, le cerveau asphyxié, comme mort. Moi aussi je disparais.

Même mon corps je ne le touche plus, ou à peine, juste le minimum : pour le savonner, démaquiller le visage, effacer les traces de larmes. Lorsque je m'habille je ne m'attarde pas, je l'effleure comme s'il était devenu un étranger ou un ennemi, comme s'il m'avait trahie. C'est idiot, mon corps n'a rien à voir avec la disparition de Clara, il n'est pas responsable, il n'était pas à côté d'elle lorsqu'elle est revenue de l'école, alors pourquoi tant de dégoût, tant de méfiance ?

Il n'était pas à côté d'elle... C'est fou comme les mots... Je comprends seulement en l'écrivant : il n'était pas à côté d'elle *or il aurait dû* être à côté d'elle.

Voilà. La chute s'accélère, je tombe un peu plus bas.

Mais elle a huit ans, l'école est à cent cinquante mètres, aucune rue à traverser ! Depuis le début du mois de septembre elle y allait toute seule et elle en était si fière ! Camille aussi y va seule. C'est vrai que ça nous arrangeait, Vincent et moi, de ne plus l'accompagner... C'est vrai. Le matin nous étions moins pressés, Vincent pouvait partir directement à son travail. Mais nous pensions aussi que c'était bien pour elle, nous voulions lui laisser davantage d'autonomie afin qu'elle prenne confiance en elle. Mon Dieu, est-ce que nous n'aurions pas dû, Vincent et moi ?

Je ne sais pas comment je vais vivre avec cette question. Je ne sais pas.

J'aimerais que Vincent vienne et me prenne dans ses bras, et me serre si fort contre lui qu'entre nous il n'y ait pas de place pour le vide. J'aimerais nous sentir ensemble.

10 février.

Il n'y a rien, toujours rien, pas même un coup de fil des policiers pour nous dire qu'ils continuent à chercher, à y croire, qu'ils ne baissent pas les bras, cinq jours qu'ils n'ont pas appelé, mais que font-ils à nous laisser sans nouvelles, comment ne se rendent-ils pas compte que nous sommes en train de devenir fous ! Vincent s'est enfermé dans un mutisme total, il ne m'adresse plus une parole, son regard n'exprime que la colère, je voudrais aller vers lui et lui dire quelque chose de doux mais je ne peux pas, je voudrais pouvoir crier mais moi aussi je reste silencieuse, abasourdie par ce silence autour de moi qui annonce le vide, le néant, qui annonce le vide de

Clara pour toujours, au fond de moi je le sais, je le sens, on ne la retrouvera pas, il est trop tard, c'est le dix-neuvième jour aujourd'hui, on ne la retrouvera pas.

Ce matin je suis entrée dans sa chambre, je me suis allongée sur son lit, entre ses peluches. J'en ai mordu une pour empêcher mes larmes de couler.

Je ne peux plus penser, mon cerveau tourne à vide. D'heure en heure l'espoir s'en va et à la place il ne me reste rien.

11 février.

Nelson Mandela a été libéré aujourd'hui. Partout on ne parle que de ça : les journaux, la radio, la télévision. Nelson Mandela libéré. L'Afrique du Sud en liesse. Ce doit être un jour de grâce.

Je ne peux pas participer à cette joie collective. J'aimerais, mais je ne peux pas. Je ne peux pas dépasser ma petite vie, son calvaire, je ne peux pas aller au-delà, être touchée par ce qui se passe à l'extérieur. Je suis emprisonnée à l'intérieur de moi, Vincent et moi sommes emprisonnés, le reste du monde n'existe plus pour nous, nous sommes exclus, et seuls.

Sommes-nous trop égoïstes ? Faibles, assuré-
ment. Qu'on me pardonne. J'ai perdu le chemin
qui mène aux autres.

15 février.

Pas la force d'écrire depuis quatre jours.
Envie de mourir.

18 février.

Un flic est venu ce matin, un que je ne connaissais pas, petit, sans âge, une face de rat. Lorsque
j'ai ouvert la porte il m'a dit avoir de nouvelles
questions à nous poser. L'espace d'un éclair j'ai
senti l'espoir renaître, me brûler le ventre, la poitrine ; me brûler et me ranimer : si cet homme était
là, c'est qu'il avait des raisons de croire encore, de
ne pas abandonner... Il a demandé à nous parler
ensemble, à Vincent et à moi. Vincent l'avait
entendu, il s'est approché, ou plutôt, je devrais
dire, il s'est traîné jusqu'à nous. Mon cœur s'est
serré en le regardant, comme si tout à coup je le
découvrais tel qu'il était : amaigri, pas rasé, le teint
jaune, flottant dans son jean et son tee-shirt gris.
En quatre semaines mon Vincent devenu un fan-
tôme. Voilà ce à quoi je songeais lorsque la voix

du flic a résonné, froide : « Vous n'avez pas d'autre enfant ? » Je l'ai regardé, je n'ai rien répondu : pourquoi nous demandait-il ça, il savait que nous n'avions pas d'autre enfant, c'est l'une des premières questions qu'on nous avait posées au lendemain de la disparition de Clara. Il a répété sa question sur un ton sec. J'ai fait signe que non. L'homme a hoché la tête, comme si ma réponse confirmait ce qu'il avait en tête et qu'il se garderait bien de nous dire, puis il a planté ses yeux de rat dans ceux de Vincent et a demandé, sur un ton glacial : « Puis-je vous demander pourquoi, monsieur ? » J'ai vu Vincent se raidir. Il n'a pas osé se tourner vers moi. Il a balbutié, d'une voix blanche, comme un enfant pris en faute : « Mais parce que nous n'avons pas pu en avoir d'autres, monsieur. » Et j'ai eu mal de l'entendre dire ça à ce type qui n'était rien pour nous, qui n'en avait rien à faire de notre désir d'enfant, de notre lutte, de notre échec, de ce que cela avait signifié pour nous, j'ai eu mal de savoir Vincent seul et fragile face à ce flic grossier et de ne rien pouvoir pour lui, j'aurais voulu avoir la force de me rapprocher de lui, de prendre sa main et de répondre à sa place : Oui, nous n'avons pas pu avoir d'autres enfants, nous n'y sommes pas arrivés, monsieur, et vous n'imaginez pas la souffrance que ça a été pour nous, le manque en nous, le chagrin, quand bien même nous avions déjà notre Clara dont la douceur avait illuminé nos vies et les avait rendues soudain nécessaires, vous n'imaginez pas le manque quand bien même un enfant déjà là vous fait connaître la joie.

Je n'ai pas fait un pas. J'ai laissé Vincent répondre, incapable de prononcer quoi que ce soit, comme si soudain j'avais perdu les mots, tous les mots, comme si soudain plus rien ne servait à rien, comme si soudain nous étions devenus complètement seuls, lui et moi, chacun sur son rail, chacun loin de l'autre. L'homme a griffonné quelque chose sur son calepin puis l'a fourré dans sa poche. « Bien, ce sera tout pour aujourd'hui. » Et sans un mot de plus il a tourné les talons. Je l'ai entendu marmonner : « Inutile de me raccompagner, je connais le chemin », et la porte d'entrée a claqué. Vincent et moi nous sommes retrouvés debout dans le salon, silencieux. Je savais qu'il aurait fallu que j'aille vers lui, que je le serre dans mes bras, que je lui dise que ce n'était pas grave, ce type était indélicat et voilà tout. Je n'ai pas pu. Je suis restée figée, muette. Et le silence qui régnait dans la pièce m'a paru tout à coup plus terrifiant, plus destructeur que n'importe quelle machine infernale qui se serait dressée entre nous.

Combien de temps s'est-il écoulé ? Une

minute, deux minutes ? Vincent ne bougeait pas non plus. J'ai entendu un drôle de son, comme un hoquet. Je me suis demandé s'il pleurait. Si, à cet instant, nous avions pu nous parler, ou nous étreindre, ou tout au moins accepter le regard de l'autre, sans doute aurions-nous pu nous retrouver, et, peut-être, traverser ensemble la tourmente. Je ne sais pas pourquoi j'ai baissé les yeux. J'ai compris que nous étions en train de perdre la partie. Pourquoi ? Qui en avait décidé ainsi ? Pourquoi n'étions-nous pas assez forts, malgré notre amour que nous avions cru si grand ? Qui nous entraînait vers le vide ? Oh, mon Dieu, comment décrire cette sensation de perdre pied, et de le savoir, et de ne rien pouvoir contre ?

J'ai simplement réussi à prononcer : « Le repas est prêt, viens maintenant », et je suis allée dans la cuisine. Je crois que jamais je ne me suis sentie aussi seule qu'à ce moment-là. Aussi seule parce que la solitude venait de moi, et que je ne voyais pas comment l'empêcher de gagner du terrain.

21 février.

Tant de soleil aujourd'hui, tant de soleil... Est-il venu sur toi, ma Clara, a-t-il caressé ton visage ? Te souviens-tu comme nous en avons

43

profité l'été dernier, en Ardèche ? Le matin, nous étions encore dans un demi-sommeil, ton père et moi, lorsque ta voix nous parvenait, joyeuse : « Il fait encore beau, on va pouvoir sortir ! » Chaque matin tu t'es émerveillée de ce soleil... Le dernier soir tu nous as dit, de ta petite voix grave, posée : « On va aller chercher nos affaires à Paris et on va revenir habiter ici, on sera mieux, il fait beau tous les jours, c'est tellement chouette ! » Nous avions ri, ton père et moi. Ma Clara. Je n'ose penser si nous t'avions écoutée.

Si jamais tu ne revenais pas, t'aurai-je donné assez d'amour ? Aurai-je assez pris le temps de te regarder, de t'écouter, de te voir grandir, de m'émerveiller de toi ? Auras-tu reçu assez de caresses, de baisers ? Aurons-nous suffisamment ri ensemble ?

Qu'au moins personne ne t'ait fait de mal.

23 février.

C'est perdu, n'est-ce pas ? Ce soir, c'est perdu. Je le sais.

27 février.

Coup de fil de l'agence ce matin. Guillaume, gêné, cherchant ses mots, peinant, hésitant, je percevais son souffle lourd à l'autre bout du fil : « Je sais que tu traverses des heures noires, Geneviève, mais il faut tout de même que nous discutions boulot. Si tu penses ne pas revenir tout de suite, il faut me le dire, pour que je m'organise. Tu comprends bien qu'un mois, c'est long, le travail s'accumule. » Je l'écoutais parler, les phrases se succédaient et je ne pouvais les comprendre, comme si Guillaume parlait dans une langue étrangère, très proche de la mienne mais autre, chaque mot me paraissant familier mais leur enchaînement totalement incompréhensible. J'aurais dû l'interrompre, lui dire de cesser ce jargon, qu'il s'organise s'il en avait besoin, bien sûr, qu'il s'organise, à présent tout m'était égal, même mon travail de graphiste que j'avais pourtant aimé, avant, mais avant et aujourd'hui ne se rejoignaient plus, avant et aujourd'hui étaient désunis, séparés, disjoints par une heure bien précise, dix-sept heures le 22 janvier dernier, dix-sept heures lorsque j'ai réalisé que Clara n'était pas rentrée de l'école alors qu'elle en était bien sortie, une heure plus tôt, et qu'aucune de ses amies ne l'avait vue, aucune de ses amies ne savait

45

où elle se trouvait ni n'en avait la moindre idée, dix-sept heures lorsque j'ai appelé le commissariat de police pour leur annoncer, la voix blanche, comme si ce n'était pas moi qui parlais et, vraiment, était-ce moi à cet instant, que ma fille, Clara Delcourt, huit ans, avait disparu depuis une heure, depuis très exactement la sortie de l'école qui avait eu lieu à seize heures.

Comment cette conversation téléphonique a-t-elle fini ? Guillaume a dû en avoir assez de parler dans le vide. Il y a eu un silence puis je l'ai entendu soudain conclure, sur un ton presque sec : « Donc, si tu n'y vois pas d'inconvénient, je demande à Claire de te remplacer pour les semaines qui viennent. Je te souhaite bon courage et j'attends de tes nouvelles. » Et au moment de raccrocher, comme s'il lui était soudain revenu une once d'humanité, il a murmuré, sur une tout autre voix que je ne lui avais jamais entendue : « On pense bien à toi ici Geneviève. Crois-moi », et il a raccroché.

Après ça je suis restée au moins deux heures sans bouger. Je crois que j'aurais pu rester plus longtemps, toute la journée, et même la nuit, et même le lendemain, et les autres jours, tous les autres jours, jusqu'à ce que mon corps tombe à terre et que la vie en moi s'éteigne, oui, j'aurais pu m'éteindre, m'effacer, sans un cri, sans douleur. Mais soudain j'ai vu Laura devant moi, aussi belle qu'une apparition, ma Laura, son doux visage penché au-dessus de moi, un instant j'ai cru que ça y était, j'étais partie, et comme c'était bon cette mort avec Laura qui m'accompagnait, qui ne me laissait pas seule, mais elle a pris ma main, m'a forcée à me relever et m'a dit, si doucement que j'ai eu envie de pleurer : « Tu avais oublié que je devais passer aujourd'hui ? Viens dans la cuisine, j'ai apporté le déjeuner, tu vas t'asseoir, boire un verre, tu vas te reposer. » Et j'ai suivi ma sœur, comme une somnambule. Mon corps était lourd. J'étais donc encore en vie, et l'attente de Clara continuait.

1er mars.

L'état d'urgence a été décrété au Kosovo. Images de misère à la télévision. Des vies entières gâchées, détruites. Et pourtant chacune aussi unique, aussi rare que la mienne. Au nom de quoi ?

AU NOM DE QUOI ?

Et moi qui, à quelques milliers de kilomètres de là, pleure sur mon enfant disparu. Quelle fraternité possible entre eux et moi ? Quel lien entre nous qui ne nous connaîtrons jamais ?

Ce soir je regarde le ciel immense. La nuit est noire et vaste. J'ai le sentiment qu'à tout instant je pourrais disparaître. Et que restera-t-il de moi ? Que restera-t-il de moi désormais ?

4 mars.

Il m'a demandé de le dire à sa mère. J'étais dans notre chambre, je faisais le lit (j'aime ces gestes du quotidien, que je peux exécuter sans réfléchir, machinalement, le vide en moi, et qui pourtant s'accomplissent. Ils me rattachent au réel. Ils me sauvent de la noyade). Il est entré sans un mot, comme à son habitude maintenant. Je l'ai senti tout à coup près de moi : son souffle si proche, dans mon cou. J'ai eu presque peur… Oui, je l'avoue, j'ai eu presque peur. Je l'ai regardé : ses yeux sur moi fixes, durs, comme s'ils ne me reconnaissaient pas. Il a prononcé, d'une voix atone : « Comment annoncer à sa mère qu'on a perdu son enfant ? Je ne peux pas. Fais-le pour moi, Geneviève, je t'en prie. Moi je ne peux pas. » Il y a eu un tressaillement sur son visage, une lueur, comme si l'espace d'un instant il redevenait vivant, il redevenait celui que je connaissais, celui que j'avais aimé. J'ai attendu. J'ai espéré. Quoi ? Je ne sais pas. Quelque chose de fou, quelque chose de réel : qu'il pleure, ou qu'il crie, ou qu'il tombe dans mes bras, ou qu'il me prenne la main. La lueur a disparu. Son regard est redevenu celui d'un étranger. Sans attendre ma réponse il a tourné les talons. Je l'ai vu aller vers la porte, sortir de la chambre, se diriger vers le salon. Puis le silence, à nouveau, épais comme une nappe de brouillard.

Je n'ai pas pu rester dans la maison. Je suis descendue dans le jardin, il faisait un froid glacial, sensation de couteau sur la nuque. J'ai marché jusqu'au laurier, le seul arbre du jardin à ne pas être nu en cette saison. Je me suis adossée au tronc, j'ai enfoui la tête dans mes mains et j'ai attendu. J'ai attendu ? Peut-on parler d'attente, plutôt un moment mort, le vide qui tournoyait en moi, je l'éprouvais si fortement que j'en avais le vertige, à ne plus savoir si j'étais assise ou debout, vivante ou morte. Pleurer m'aurait peut-être apporté la preuve que j'étais en vie, mais je n'ai pas pu. Lorsque j'ai relevé la tête, Vincent se tenait devant moi. Je me suis entendue dire : « D'accord, je m'en occupe. » La phrase m'a semblé résonner de très loin, comme si ce n'était pas moi qui l'avais prononcée. Je me suis sentie lasse, si lasse, dans tout mon corps, dans toute ma tête. J'ai pensé : jamais je ne pourrai me relever, je vais rester ici, sous ce laurier, le froid anesthésiera mon corps, je ne sentirai pas la mort venir, je m'endormirai, et ce sera si simple, si paisible enfin. Mon corps se désagrégera, avec le temps il deviendra mousse, terre, feuille, je ne serai plus rien, la perte de Clara ne me sera plus rien.

Jusqu'à ce que je distingue Vincent accroupi devant moi, à quelques centimètres. J'ai aperçu une larme à sa paupière. Et j'ai entendu ses paroles, comme une chaleur qui venait de très loin et m'atteignait en plein cœur, et c'était une souffrance de revenir ainsi à la vie, une souffrance d'éprouver soudain tant de douceur, j'ai entendu qu'il me disait : « Geneviève, rentre maintenant, tu vas prendre froid. » Et comme dans un songe je l'ai vu se relever, et, du même pas lent avec lequel il était sorti de notre chambre quelques instants plus tôt, regagner la maison.

J'ai appelé sa mère juste après. Je serais incapable de retrouver les paroles que j'ai murmurées au téléphone. Je me souviens seulement de son souffle qui s'est soudain accéléré, à l'autre bout du fil. Elle n'a rien dit, n'a posé aucune question, et, mon Dieu, comme je lui sais gré de son silence ! À la fin, comme j'allais raccrocher, elle a prononcé, d'une voix dont la clarté m'a donné envie de pleurer : « Mes enfants, ne vous laissez pas aller au désespoir. »

J'ai pensé à ma mère. Si elle avait été encore en vie, qu'aurait-elle dit ? Qu'aurait-elle fait ? Aurait-elle accouru pour me prendre dans ses bras, me bercer, comme elle le faisait lorsque j'étais petite ? M'aurait-elle murmuré, elle aussi, de ne pas me laisser aller au désespoir ? Aurait-elle simplement serré ma main très fort, pour me signifier qu'elle était avec moi, dans ma détresse, dans mon attente ? Une fois encore, comme après la naissance de Clara, son absence m'a paru insoutenable. J'ai eu beau essayer de me raisonner, me dire que, même si elle était encore en vie, la disparition de Clara m'aurait peut-être éloignée d'elle tout comme elle le faisait des autres, et que cet éloignement, que je n'aurais su empêcher, aurait accru ma souffrance, je ressentais l'effroi de l'enfant perdu dans la foule, je ressentais l'effroi de l'enfant perdu dans le noir, je ressentais l'effroi de l'enfant perdu, abandonné. Une fois encore j'ai éprouvé qu'on reste à jamais inconsolable de la mort de sa mère.

Tout à l'heure, lorsque j'irai me coucher, j'essaierai de retrouver en moi la sérénité de la mère de Vincent. Je regrette que ce ne soit pas

Vincent qui ait appelé : il est passé à côté de cette paix.

7 mars.

Deux flics sont venus en début d'après-midi. Le premier, nous l'avions déjà vu une fois, au tout début ; l'autre, nous ne le connaissions pas. À voir comme le premier écoutait l'autre, hochant la tête toutes les trois secondes d'un air déférent, je pense que celui qui nous parlait était le chef. J'ai compris tout de suite à leur regard fuyant, gêné... Mes jambes sont devenues molles comme du coton, mon cœur s'est mis à battre la chamade. La machine s'emballait, devenait folle. Je ne leur ai même pas proposé d'entrer. Les mots ont résonné, impossibles : « Madame, malgré toutes les recherches entreprises, jusqu'à présent l'enquête n'a mené à rien. Je ne vous cache pas qu'il y a désormais peu de chances de retrouver votre fille vivante. Bien sûr, nous n'abandonnons pas les recherches, nous allons continuer, mais... » Quelque chose a bougé à côté de moi. J'ai fait un effort immense pour me retourner : Vincent reculait à petits pas, une expression d'effroi dans le regard. Le flic qui avait pris la parole m'a dévisagée d'un air contrit. J'ai lu dans ses yeux la pitié. Il a tenté un : « C'est terrible, n'est-ce pas ? Moi-même, j'ai deux enfants... » Je n'ai pas écouté la suite. Mes oreilles se sont mises à bourdonner. J'ai fait un signe de la main pour lui faire comprendre que cela suffisait, que le reste ne m'importait pas. Il a fait comme s'il n'avait pas compris, il a continué à parler, un flot de paroles dont je ne saisissais pas le sens, certains mots me parvenaient, isolés, comme extraits d'un mauvais feuilleton télévisé, « enlèvements en série », « psychopathe », « d'autres petites filles »... Je me suis sentie mal soudain. J'ai cru que j'allais tomber. J'aurais voulu lui dire de se taire, parce que j'avais compris l'essentiel, c'est-à-dire qu'ils ne retrouveraient pas Clara, et que donc le reste, je m'en foutais, je m'en foutais complètement, qu'on me pardonne, je ne suis pas assez généreuse pour avoir des larmes pour les autres petites filles, ce n'étaient pas les miennes, ce n'étaient pas ma chair, mon sang, ma joie, alors qu'il se taise enfin, qu'on en finisse, qu'il disparaisse, qu'il nous laisse, Vincent et moi, seuls avec notre douleur, seuls avec le vide de Clara en nous.

Je n'ai pas réussi à ouvrir la bouche. C'est l'autre flic qui m'a rattrapée avant que je ne tombe à terre. Ils sont partis quelques instants plus tard, la tête basse, bredouillant au revoir comme des gamins pris en faute.

Je me sens si fatiguée ce soir. Je pense à ma mère. Si elle était encore vivante, comme j'aimerais qu'elle soit à mes côtés, qu'elle me prenne dans ses bras, me couche dans un lit, me borde, en me murmurant des mots doux, des mots que je ne chercherais pas à comprendre mais qui couleraient en moi comme du miel, comme l'enfance, comme la certitude que demain tout ira bien.

10 mars.

J'ai appelé l'agence cet après-midi. Je leur ai dit que je serais de retour dans une semaine. Guillaume a eu l'air étonné, presque contrarié m'a-t-il semblé. À moins que je ne me trompe : je le dérangeais peut-être, tout simplement, il ne s'attendait pas à mon coup de fil, il ne savait pas quoi dire, il était pris de court, et ça, être pris de court, voilà quelque chose qui lui est insupportable.

De toutes les façons, peu importe. J'irai travailler la semaine prochaine. Je ne peux plus supporter de rester ici, enfermée entre ces murs, au côté de Vincent, qui perd pied de jour en jour, comme moi.

14 mars.

La colère sourde de Vincent, ce soir, après le dîner, comme je m'asseyais dans un fauteuil et prenais un livre : « Comment peux-tu lire comme si de rien n'était, comme si la vie allait reprendre son cours normal ? Comment peux-tu accepter ce qui nous arrive ? » Son regard exprimait tant de violence... J'ai tenté de lui faire comprendre que ce n'était pas parce que je m'autorisais à lire que j'acceptais, que je me soumettais ; mais quoi ? Se laisser peu à peu déborder par l'angoisse, emporter par la folie, comme lui, attendre, passer ses journées à attendre près du téléphone un coup de fil de moins en moins probable, tourner en rond comme un animal enragé, devenir douloureux à ne plus supporter la présence de l'autre dans la maison, à ne plus raisonner juste ? Il s'est levé, a fait quelques pas vers moi. Son corps était parcouru de tremblements, son visage blême, ses poings serrés. Il a prononcé, d'une voix pleine de rage : « Comme tu me déçois, Geneviève ! Tu es donc comme les autres, tu te plies, tu te courbes, tu acceptes toute la saloperie de la vie ! » Jamais je ne l'avais vu ainsi, d'une telle brutalité qu'il paraissait dépossédé de lui-même. Il a continué à avancer, le bras tendu vers moi, menaçant. Je regardais son visage déformé par le désespoir, je le voyais se rapprocher et je ne pouvais rien. J'aurais tant voulu trouver les mots justes, les mots qui auraient su l'apaiser et auraient permis que nous puissions, enfin, retrouver le lien de lui à moi. Je n'ai réussi à murmurer qu'un pauvre : « Vincent. Vincent, voyons… » De son poing il a tapé sur la table, un tel coup que j'ai sursauté. J'ai compris qu'aucun mot désormais ne servirait à rien, la douleur nous avait fait basculer dans deux mondes différents et ce coup sur la table en était le sceau. J'ai baissé la tête. Je suis restée silencieuse.

Oh, comme j'aurais voulu lui dire que, moi aussi, je me demandais comment continuer à vivre après ça ; que moi aussi, par moments, je ne souhaitais qu'une chose : que tout prenne fin, qu'une vague vienne recouvrir nos corps et clore nos paupières à jamais. Mais si je décidais de rester en vie, il fallait en assumer les consé-quences, c'est-à-dire rester digne, rester debout. Debout ou couché il fallait choisir, mais, pour moi, l'alternative était claire : j'étais soit couchée dans une tombe, soit debout dans la vie. Une autre vie, sans doute, mais la vie.

Il se tenait encore à quelques mètres de moi. Je sentais qu'il cherchait d'autres propos blessants, pour m'attirer dans son désespoir, m'entraîner avec lui. Je comprenais. Oui, je comprenais : la douleur, c'est la solitude, et il ne voulait pas être seul. J'ai relevé la tête. J'ai voulu lui sourire. Des larmes ont roulé sur mon visage. Je suis passée tout près de lui, sans le toucher, et j'ai quitté la pièce.

Je suis dans la chambre de Clara. Je ferme les yeux. J'essaie d'entendre sa voix, son rire, son babillage. J'essaie de la faire vivre en moi. Elle est là. J'ai de la chance : elle est là. Elle pouffe, elle chante, elle raconte des bêtises, elle n'en finit pas de raconter des bêtises. Elle lève les bras vers moi. Elle ne veut pas s'endormir. Maman, reste encore avec moi, s'il te plaît. Un tout petit peu. Il n'est pas tard. Demain je n'ai pas école. Elle enfonce son visage dans mon cou. Je pleure. C'est bon. C'est doux. Je plonge ma tête dans l'oreiller bleu. Je crois retrouver son odeur. Je me trompe, peut-être, mais peu importe… Il suffit de se dire que c'est bien son odeur, il suffit d'y croire. Combien de temps une odeur reste-t-elle imprégnée dans un tissu ? Combien de temps avant de disparaître elle aussi ?

17 mars.

Pour la première fois aujourd'hui depuis la disparition de Clara (comme j'ai du mal à écrire ces mots : « la disparition de Clara » : j'ai l'impression de prononcer les mots d'un film, ou d'un livre, des mots qui n'appartiendraient pas à ma vie), je suis retournée au travail. J'aurais dû me préparer, je suppose, aux regards gênés, aux sourires forcés, aux discussions qui s'interrompent brusquement... De la même façon que l'absence de Clara nous rend étrangers l'un à l'autre, Vincent et moi, j'ai eu l'impression que mes collègues et moi appartenions désormais à deux univers différents : tout était faussé. Je ne savais pas que la douleur éloignait tant des autres. Seul Édouard est venu vers moi simplement. Il m'a serré les mains en me regardant dans les yeux. L'expression de son visage était claire, nulle part je n'y ai lu la gêne, ou la peine, ou la moindre question : il me serrait les mains, voilà tout. À ce moment il était avec moi, rien de plus, rien de moins. Je lui ai dit merci. Je ne sais pas s'il a compris.

Je pensais que reprendre un rythme me ferait du bien, mais la journée a été une véritable épreuve : à chaque instant je ressentais que je n'étais pas à ma place, que mon activité de graphiste n'avait plus aucun sens pour moi. Les heures ont passé, lentes, vaines. Je suis rentrée à la maison en métro. Tous ces visages, ces corps serrés les uns contre les autres... Je me sentais oppressée. Je me sentais de trop : comme si ma vie, désormais, ne pouvait plus se mêler à celle des autres. Dans la rue je chancelais. Lorsque je suis arrivée chez moi, j'ai dû m'asseoir pour ne pas tomber.

Je me suis sans doute trompée en décidant de reprendre le travail : je crois que je ne peux plus vivre ici. J'ai besoin de silence. Toute cette agitation me donne le tournis. Ce qu'il me faudrait, c'est un endroit calme, à la campagne. Un exil.

22 mars.

Deux mois qu'elle a disparu. Y a-t-il des amours qui auraient résisté, qui auraient tenu bon ? Pourquoi ne sommes-nous pas assez forts ?

Vincent a-t-il compris que nous étions en train de nous perdre ? Devrais-je essayer, encore, de nous sauver ?

Non, je ne le crois pas : il est déjà trop tard. Nous nous sommes trop éloignés. Certains déserts ne se traversent que dans un sens.

Si je n'avais pas ce cahier, je crois que je me serais lentement laissée aller au désespoir, comme Vincent. Je ne savais pas que les mots peuvent sauver. Aujourd'hui, je le sais : ils maintiennent le lien à soi. Ils permettent de ne pas s'égarer dans la nuit profonde de la folie.

25 mars.

J'écrivais l'autre soir : « soit couchée dans une tombe, soit debout dans la vie ». Où avais-je puisé la force de penser ainsi, de me croire capable de ce choix ? Les heures, aujourd'hui, ont été si difficiles. Le manque de Clara, physique, dans mon corps, mes mains, mon ventre. Comment rendre compte de ça, de cette impuissance : mes bras qui la cherchent, presque malgré eux, comme une habitude du corps, et ne la trouvent pas... Sensation que chacun de mes gestes est désormais vain : partout je me heurte au vide, comme si le vide était en moi et en dehors de moi. Le sang ne circule plus.

Aurai-je envie que le sang circule à nouveau ? À quoi ressemble ma vie sans Clara ? De quoi peut-elle se nourrir ?

Ma vie… J'essaie de la regarder en face. Comment ne pas avoir peur ? Mettre des années à trouver un sens à sa présence sur terre, à jouir de ce sens, à être dans la vie. Et brutalement perdre ce sens, cette jouissance. Brutalement tout perdre. Que reste-t-il ?

Lorsque maman est morte, j'ai fait connaissance avec la solitude : j'avais perdu sa présence aimante, enveloppante, l'infinie consolation du « elle toujours auprès de moi quoi qu'il advienne, quoi que je fasse ». Maman morte, c'était l'horizon soudain ouvert, béant, avec ce que cela comporte de vertige, de détresse, mais aussi de liberté à découvrir, à conquérir.

Clara disparue, c'est l'horizon refermé à jamais.

Les paroles de Julien, hier, au téléphone : « Le plus difficile, c'est la non-certitude, cette probabilité, même infime, que vous puissiez la retrouver encore. Cette brèche vous laisse dans l'errance, vous empêche de commencer à faire votre deuil. » Ses paroles m'ont fait penser à ces femmes, ces mères qui, des mois après la fin d'une guerre, attendent encore un homme, un enfant, dans l'espoir fou et épuisant que celui-ci réapparaisse, malade peut-être, blessé, amputé, mais vivant. VIVANT.

Julien a raison pour Vincent : Vincent espère encore, voilà ce qui le mine, ce qui le rend fou. Vincent attend Clara. Moi, je ne l'attends plus. Pourquoi ai-je eu cette intuition, dès le premier jour, qu'on ne la retrouverait pas ? Oh, bien sûr, comme Vincent, j'ai espéré, de toutes mes forces. J'ai attendu... Mais pourquoi, au fond de moi, cette certitude, comme si dès sa disparition j'avais *su* ?

Et si je remonte quelques années en arrière, aux premiers mois de Clara, n'éprouvais-je pas parfois, lorsqu'elle me souriait comme un ange et que son sourire inondait mon cœur de joie, un malaise, un trouble, que je m'empressais de chasser : la peur que Clara ne soit pas toujours là ? Pourquoi ?

Toutes ces questions dans ma tête... Comme j'aimerais retrouver un calme intérieur, un silence. Je suis devenue un grand désordre.

30 mars.

Ce matin, de la fenêtre de ma chambre, j'ai aperçu les premières fleurs du magnolia. J'ai pleuré : ainsi, le printemps allait revenir ? À nouveau l'éblouissement, la chaleur, les odeurs sucrées des fleurs et des fruits ? J'ai laissé les larmes couler. Je pleurais, et ce n'était pas seulement de tristesse : j'éprouvais aussi une gratitude infinie devant ce monde qui demeurait.

3 avril.

Depuis deux nuits Vincent dort sur le canapé du salon. Lentement nos corps se séparent, prennent congé l'un de l'autre.

Je me souviens de la première fois que nous avons fait l'amour.

Garder en mémoire, en empreinte, que la joie a existé pour nous. Ne pas douter.

Garder en mémoire, en empreinte, que la joie éclairait le visage de Clara.

5 avril.

La petite Camille est passée cet après-midi, après l'école. Sans un mot elle m'a tendu une feuille. Elle y avait dessiné Clara, toute en couleurs : les yeux roses, les cheveux jaunes, le corps vert. Camille a murmuré, en me regardant droit dans les yeux : « J'ai fait exprès pour les couleurs. Pour qu'elle revienne. » Je l'ai serrée contre moi, en me mordant la lèvre pour ne pas pleurer. La petite sentait bon, l'enfance et la fatigue, j'ai fermé les yeux et, un instant, je me suis autorisée à rêver que je tenais Clara entre les bras. Je respirais. La mer entrait en moi. Nous sommes restées enlacées un moment. Puis Camille s'est dégagée : « Il faut que j'y aille, maman va s'inquiéter. Je ne lui ai pas dit que je venais vous voir. – Bien sûr, j'ai bafouillé, bien sûr, Camille. Rentre vite. » Mais, comme elle franchissait les marches pour sortir de la maison, je n'ai pas pu me retenir, j'ai couru après elle et je l'ai prise contre moi, et cette fois j'ai pleuré, en silence. Les larmes me brûlaient les yeux, le visage, le cou, mon corps tanguait, j'avais du mal à respirer.

Combien de temps notre étreinte a-t-elle duré ? J'ai entendu la voix de Camille, douce : « Je dois vraiment y aller maintenant, madame. Je suis désolée. » Et comme je relevais la tête, elle s'est redressée, en un éclair a dévalé les marches qui mènent au portail et l'instant d'après je la voyais courir sur le trottoir, son cartable bleu et rouge tressautant sur son dos, jusqu'à ce qu'elle tourne au coin de la rue et disparaisse de ma vue.

Je tenais encore son dessin dans mes mains. J'ai regardé le visage rose et jaune de Clara qui me souriait et j'ai pensé que j'avais oublié d'en remercier Camille.

Il est une heure. Je n'arrive pas à dormir. Trop d'images en moi, qui prennent mon cerveau à l'assaut. Dehors un vent violent. Il doit faire froid. Où es-tu, Clara ?

9 avril.

J'ai quarante ans. Dix ans de bonheur avec Vincent et Clara. Qu'en restera-t-il ? On ne m'avait pas prévenue que la vie pouvait s'arrêter à quarante ans. Que ce que je tenais de si bon, de si évident entre les mains, pouvait tout à coup m'être retiré. Alors voilà, c'est déjà fini ?

Laura, tout à l'heure au téléphone: «Tu parles comme si tu allais mourir. Tu verras, même si aujourd'hui tu ne peux pas encore l'envisager, la vie reprendra ses droits, tu recommenceras quelque chose...» Elle se trompe. Elle n'a pas d'enfant, elle ne sait pas. Ma vie

peut-être se prolongera, mais comme une pro-
thèse sur un moignon : le bras n'est plus là, la
chair n'est plus là. À la place, un bout de métal
qui ne sent rien, ni le froid ni le chaud, ni la
douleur ni les caresses. « Garanti incassable ».

13 avril.

S'habituer au vide, à la mort en soi.
Apprendre à se détacher des choses.

Il a fait si beau aujourd'hui, si clair. Je suis restée longtemps dans le jardin. Il faisait froid mais je
me suis assise contre le mur blanc, le visage vers le
soleil. Il n'y avait pas un bruit, pas même un piaille-
ment d'oiseau. On aurait pu croire au bonheur :
tout était éclatant. Il m'a semblé que Clara était là.
Oh, pas à mes côtés, bien sûr : en moi, comme si
elle était venue me rendre visite en cachette. J'ai
pleuré de la sentir si présente et si absente.

J'ai peur pour Vincent. Non pas que je croie
prendre, moi, le bon chemin : mais je pense pouvoir m'en sortir. Retrouver, avec le temps, le
silence, la solitude, sinon l'harmonie, du moins
une certaine forme d'apaisement. Mais lui ? Lui
qui a besoin de se sentir vivant, de courir, de

posséder ? Lui qui a besoin de mouvement, qui fuit la solitude ?

J'aimerais tant qu'il n'oublie rien : ni d'elle, ni de nous. J'ai peur qu'il nie le passé ; qu'il croie que la seule manière de pouvoir survivre est d'en faire table rase. Car qui peut nous obliger à croire à ce qui a existé, si ce n'est nous-même ? Je connais Vincent, je l'imagine : lorsque nous nous serons quittés, il fermera les yeux et décidera que le passé n'a aucune valeur, que tout commence aujourd'hui. Il chassera les images, les souvenirs. Il les piétinera en quelque part obscure de lui et prendra soin de bien en verrouiller l'accès. Hier n'était rien, demain contient la promesse d'une renaissance.

Je ne lui en veux pas : qui ne serait tenté par un tel abandon ?

22 avril.

Trois mois aujourd'hui. Trois mois sans Clara. Et pourtant je suis toujours vivante.

25 avril.

Guillaume ne comprend pas. Guillaume me met en garde. Guillaume m'assure que je fais une erreur. Guillaume prétend que la douleur me rend aveugle.

Comment peut-on être vaniteux au point de penser savoir ce qui est bon pour l'autre et ce qui ne l'est pas ? Au nom de quel désir de possession ?

Même lorsque je lui ai demandé de me laisser en paix, de ne pas me parler de ma douleur qu'il ne connaissait pas et qu'il ne pouvait imaginer, contrairement à ce qu'il m'assurait, car comment peut-on « imaginer » une douleur, même alors, il n'a pu s'empêcher de soupirer et de décréter, sur un ton las : « Je ne peux aller contre ta décision, Geneviève. Même si je reste convaincu que s'il y a bien une chose à ne pas faire en ce moment pour toi, c'est de partir t'enterrer à la campagne. »

J'ai raccroché sans un mot. Pour la première fois depuis la disparition de Clara j'étais en colère, et la colère intensifiait ma peine.

27 avril.

C'est lui qui est venu vers moi. Je m'étais levée tôt ce matin. À sept heures j'étais entrée dans la chambre de Clara : au cours de la nuit j'avais décidé de commencer à trier ses vêtements et ses jouets ; à les ranger dans des cartons et des boîtes.

Il est entré sans bruit. Je crois que c'est la première fois depuis la disparition de Clara qu'il pénétrait dans sa chambre. Il est resté un moment à me regarder faire, en silence. J'étais accroupie devant l'armoire en bois. Je sentais sa présence dans mon dos mais j'ai continué à trier les robes et les jupes de Clara sans me retourner : je crois qu'au fond je *voulais* qu'il parle. Que ce soit lui qui attaque, qui prononce les mots de la fin. J'étais étrangement calme. La robe jaune paille de Clara, qu'elle a tant portée cette année, m'a glissé des mains. Je me suis penchée pour la ramasser. C'est alors que j'ai entendu sa voix, sourde : « Je vais m'en aller, Geneviève. Je ne peux plus rester ici. Je te laisse tout. » Il parlait lentement, avec effort. Comme un homme ivre, abruti par l'alcool. Je me suis redressée : il ne me regardait pas. D'une main il effleurait un portrait de Clara accroché au mur, tout en parcourant la chambre du regard. De nouveau sa maigreur m'a frappée. Comment la vie peut-elle basculer à ce point ? Qui peut être assez fort pour ne pas tomber ? Avoir tout, être heureux, se sentir aimé, entouré, et le jour d'après tout perdre. Et, dès lors, entrer dans la solitude : se voir s'éloigner de ceux qu'on aime, sans pouvoir rien faire pour l'empêcher. Devenir seul au monde, seul à soi. Oui, l'expression du regard de Vincent était égarée, comme s'il s'était absenté de lui-même ; comme s'il se retrouvait là, dans la chambre de sa fille, à quelques pas de moi, par inadvertance, ou par erreur. Comme si, soudain, il ne s'agissait plus de sa vie, mais de celle d'un autre, qu'il se serait contenté de représenter.

Je suis restée accroupie. J'ai essayé de trouver les mots justes, justes pour lui, justes pour nous. Pour qu'aucune violence, aucun mal ne soit ajouté à notre désastre. Mais rien n'est venu : ni mot, ni pensée, ni sensation. J'étais vide, soudain. Calme, et vide. Je me suis entendue dire : « Je ne resterai pas dans cette maison. Je vais partir à la campagne. Je veux du silence. C'est moi qui te laisse tout. Je n'ai besoin de rien. » Je me suis levée. Il me regardait, immobile encore. J'ai cru qu'il ne m'avait pas entendue tant l'expression de son regard était restée inchangée. Mais sa voix a résonné : « Oui, je comprends. C'est sans doute mieux ainsi, n'est-ce pas ? Il n'y a pas d'autre possibilité. » Il s'est interrompu. Nous nous faisions face. Et je me suis rappelé, mon Dieu, pourquoi cette image est-elle revenue à cet instant, je me suis rappelé la première fois que je m'étais tenue droite devant lui. Quel âge avions-nous ? Vingt-quatre, vingt-cinq ans ? C'était en hiver, dans une maison d'amis. Je m'étais retrouvée devant ce garçon que je ne connaissais pas, grand, délié, à la peau mate, au visage doux et grave qui ne souriait pas. Il était adossé à une cheminée, je la revois, en marbre gris et noir. Nous n'avions pas échangé un mot. Mais nous savions, tous les deux, que quelque chose était en train de nous emporter.

Ce matin, lui et moi savions que tout finissait.

J'ai cru qu'il allait quitter la pièce. Mais il restait debout, immobile, le regard dans le vague. J'ai hésité puis j'ai repris mon rangement. J'ai senti soudain sa main sur mon épaule. Cela faisait si longtemps qu'il ne m'avait pas touchée… Je n'ai pas osé me retourner, ni faire le moindre geste. Je respirais à peine. Sa main m'étreignait de plus en plus fort, presque à me faire mal. Puis je l'ai entendu : « Pourquoi a-t-il fallu que ça nous arrive, pourquoi, bon sang ? » J'ai fixé le bouton jaune transparent de la robe de Clara, celui que j'avais recousu cet automne, je l'ai fixé de toutes mes forces pour empêcher les larmes de couler. Sentir sa main sur moi, la sentir et savoir que c'était sans doute la dernière fois que j'éprouvais sa chaleur… et savoir que je ne pouvais rien lui répondre, car quelles paroles aurais-je pu offrir en réponse à cette question sans issue, à cette question qui n'en était pas une ?

Combien de temps avant qu'il ne retire sa main de mon épaule ? Je me suis assise par terre. Les larmes commençaient à brouiller ma vue. La robe jaune a étincelé de mille paillettes avant de glisser de mes cuisses. Lorsque je me suis penchée pour la ramasser, Vincent n'était plus là.

Je relis ces lignes, allongée sur mon lit. J'ai beaucoup écrit ce soir. Si je n'avais pas écrit, que se serait-il passé ? Je crois que je n'aurais pas quitté la chambre de Clara. Je crois que, cette fois, je me serais laissé emporter par la douleur. Écrire ce soir m'a permis de finir la journée dignement : sans tomber, sans céder à la tentation d'en finir. Cette fois encore, l'écriture m'a sauvée.

30 avril.

Journée calme et lente. J'ai ramassé les feuilles dans le jardin. L'odeur de la terre, de la vie, m'a prise à la gorge. J'ai pleuré longtemps. Ça m'a fait du bien.

En rentrant j'ai trouvé un mot de Laura dans la boîte aux lettres : « Geneviève, te souviens-tu lorsque nous étions petites et que maman nous grondait ? Nous allions nous réfugier sous la table du salon, tu te blottissais dans mes bras.

Par je ne sais quel miracle tu réussissais toujours à trouver un bonbon dans ta poche. Nous le partagions. Nous gloussions, la bouche pleine de sucre. La table devenait notre royaume. Les reproches de maman s'éloignaient. Garde espoir et courage. Je pense à toi, à chaque instant. Laura. » J'ai serré la lettre contre moi. Comme ma sœur me semblait proche et lointaine. Qu'allons-nous devenir toutes les deux ? Ou plutôt : que va-t-il advenir de nous deux, de ce « nous » qui nous a fait avancer côte à côte depuis toujours, ce « nous » qui a été tantôt heurt tantôt étreinte mais jamais n'a volé en éclats ? Depuis l'enfance ma sœur m'ouvre l'horizon, régulièrement je me suis échappée pour tenter une percée dans laquelle elle a parfois accepté de s'engouffrer, puis, toujours nous reprenions la route, elle devant et moi derrière : Laura le vaillant petit soldat marchant droit, se relevant malgré les coups, malgré les chutes, solide comme un roc, moi la sœur indisciplinée qui ne résistait pas à la tentation des chemins de traverse mais jamais ne la quittait des yeux. Que va-t-il advenir de ce nous qui nous a sauvées lorsque maman est morte ? Là où Vincent et moi échouons, elle et moi pouvons-nous réussir ? Jusqu'où peut aller l'amour de deux sœurs ?

Je relis la lettre de Laura. Espoir, non : je n'en garderai pas. Cela me tuerait. Je veux bien fixer une ligne d'horizon, mais que cette ligne ne soit pas un mirage. Ne pas me brûler les yeux.

4 mai.

Vincent, rentré ce soir de je ne sais quelle effrayante promenade, debout dans l'entrée, le regard perdu comme celui d'un enfant, ne cessant de répéter : « J'ai cru que c'était elle. Elle avait les mêmes cheveux, la même façon de marcher. J'ai cru que c'était elle. » Il claquait des dents. Je l'ai pris par la main, l'ai conduit dans notre chambre, l'ai couché sur le lit. Il continuait à marmonner tout seul, épouvanté. Je l'ai bordé, comme je l'aurais fait pour notre petit garçon, j'ai tiré les rideaux et j'ai quitté la chambre. Je l'ai entendu gémir un long moment encore, puis il a fini par s'endormir, épuisé.

Qui veillera sur lui, après ?

9 mai.

Laura et moi sommes allées nous promener au parc des Buttes-Chaumont. Il n'y avait presque personne. Il faisait doux et beau. Je lui ai annoncé que Vincent et moi allions nous séparer. Elle est restée un moment interdite, puis a fini par me demander, deux fois : « Mais pourquoi ? Pourquoi ? »

Comment expliquer ? Je ne savais pas répondre. À côté de nous, sur un banc, une mère jouait avec son bébé. Par moments le bébé éclatait de rire. Je ne pouvais détacher mon regard de ces deux êtres que la joie illuminait.

Entre-temps Laura s'était reprise. Elle s'est mise à parler, lentement, avec précaution. Je percevais ses efforts pour ne pas me blesser : nous étions encore sous le choc, Vincent et moi, nous ne savions pas ce que nous étions en train de faire ; trois mois et demi à peine s'étaient écoulés depuis la disparition de Clara, « trois mois et demi, elle disait, rends-toi compte, Geneviève, trois mois et demi c'est tellement court, si long pour vous mais si court au regard d'une vie, un éclair ! » ; Clara n'était pas l'unique ciment de notre amour, il y avait d'autres choses, depuis longtemps, tous ceux qui nous connaissaient auraient pu en témoigner, à nous de retrouver ce qu'était notre amour, de quoi il se composait.

Je l'écoutais parler, les yeux fermés. Je pleurais. Elle avait raison, bien sûr. Elle avait raison et elle se trompait totalement : elle ne savait rien de ce qui nous était arrivé. Comme nous-mêmes ne le savions pas non plus.

12 mai.

Il a fait chaud aujourd'hui. J'ai mis ma robe blanche et bleue, celle que Vincent et Clara aimaient tant. L'été sera bientôt là. Le jardin sent bon. À cette époque, chaque année, Clara et moi plantions des fleurs. L'année dernière, pour la première fois nous les avions choisies ensemble. Je me souviens de cette journée de soleil et de rires. Clara était belle sous le soleil. Je m'étais dit qu'elle avait grandi. J'étais fière. Comblée. Le soir, nous avions pique-niqué tous les trois sur la pelouse.

J'arrive au terme de ce premier cahier. Demain j'en commencerai un autre. Si je m'arrêtais d'écrire, je crois que je mourrais. Seuls les mots me maintiennent en vie.

Ensemble (juin 2005)

La nuit est vaste et profonde. Je gare la voiture à l'entrée du village puis je m'enfonce dans les rues désertes. Sur la place, deux réverbères diffusent une lumière orangée dont le halo vacillant éclaire la façade de quelques maisons. Le reste de la place est plongé dans les ténèbres. L'ensemble fait penser à un décor de théâtre. Je marche au hasard des rues, à la recherche du passage du Midi. La tête me tourne. Peut-être me suffirait-il de fermer les yeux pour croire que tout ceci n'est qu'un rêve et que bientôt je me réveillerai dans le lit de mon appartement parisien, sans souvenir des songes qui, l'espace d'une nuit, m'auront fait entreprendre un voyage vers une femme autrefois aimée.

Au-dessus de moi, provenant d'une fenêtre entrouverte, des éclats de voix me tirent de ma torpeur. Un couple se dispute. La femme,

gémissante : « Tu me l'avais promis, Henri. »
L'homme, d'une voix sèche, brutale : « Il n'en
est pas question » J'accélère le pas.

Je regarde ma montre : il est minuit. Dans
quelques instants je serai auprès de Geneviève.
Geneviève est en train de mourir. Le temps
nous est compté.

La maison se situe au fond d'un passage, au
bout d'une petite allée bordée de fleurs hautes
dont je ne saurais dire le nom : à part les roses et
les tulipes, je ne connais pas grand-chose aux
fleurs. Je marche lentement. Tout me paraît irréel,
incertain. C'est à peine si je sens mes pieds fouler
le sol : j'ai l'impression de flotter. Les pensées se
bousculent en moi, désordonnées, naïves : cette
allée qu'elle a parcourue des milliers de fois,
depuis quinze ans. Ces fleurs qu'elle a vues pous-
ser. Cette maison qu'elle a dû aimer. Geneviève,
son choix. Sa vie sans moi.

Je suis au pied de la maison. Je m'arrête un
instant, relève la tête, lentement. Une lanterne
éclaire la façade. Au premier étage, les volets
des deux fenêtres sont clos. Derrière laquelle
repose Geneviève ?

Je ferme les yeux pour retrouver le visage, la
silhouette de Geneviève. Rien ne me vient.
Aucune image. À la place, son rire, grave et

sonore, qui emplit ma tête puis s'éteint brusquement.

Je m'efforce de respirer calmement. Mon cœur bat de plus en plus vite. J'ai cinquante-six ans, j'ai peur. La trouille, celle des enfants, celle de ceux qui ne savent plus rien.

J'ai sonné. Je n'entends rien. Aura-t-elle la force de descendre m'ouvrir ? Peut-elle encore se lever, marcher ? Parler ?

Je sonne à nouveau. Je pense à Pascale soudain, à sa mise en garde : « Tu ne sais pas ce que c'est qu'une femme malade. » C'est vrai. Je ne connais pas la maladie, ses ravages sur le corps. J'ai entendu des amis, bien sûr, me raconter les souffrances d'un frère, d'une mère, d'un proche, emporté par la maladie. Leurs yeux qui ne me regardaient pas, fixes et lointains, me racontaient, bien plus que leurs paroles, l'épreuve qu'ils avaient traversée : leur impuissance devant la dérive d'un être aimé. Je les écoutais. Leur désarroi me touchait, me peinait. Mais ils me parlaient d'un monde où je n'avais jamais pénétré. Moi, ce que je connais de la mort, ce ne sont pas les corps peu à peu abîmés, dévastés : c'est le vertige du vide, la stupeur du rien, qui vous happe sans fin, à n'en plus finir.

Chasser les pensées qui reviennent au galop.

Je suis là pour revoir Geneviève. Je ne suis pas là pour me souvenir.

La porte, soudain devant moi grande ouverte. Elle est là, à quelques centimètres de moi, debout. Ne pas baisser les yeux. Ne pas lui laisser deviner mon appréhension.

Prendre racine, devenir un arbre, au seuil de cette porte. Ne plus bouger. Rester à jamais immobile.

C'est elle qui prononce les premiers mots :

– Entre. Ne prends pas froid.

Je hoche la tête doucement. J'essaie de lui sourire. Je sens mon visage se déformer, comme sous l'effet d'une énorme grimace.

J'entre. Derrière la porte d'entrée, une petite lampe est allumée. Tout en refermant la porte, le plus lentement possible, j'ai le temps de penser : je vais revoir son visage, son corps, et peut-être ne les reconnaîtrai-je pas.

Je me retourne. Nous nous faisons face, enfin. Impression d'aveuglement. D'elle je n'aperçois d'abord que la maigreur, les cheveux presque tous disparus et les yeux qui dévorent le visage. Je tangue. Elle n'a pas bougé. Elle soutient mon regard. Elle sait, certainement. Elle sait.

La sensation d'éblouissement s'estompe. Mon corps ne chancelle plus. J'ose à nouveau poser les yeux sur elle. Et lentement je la reconnais : Geneviève, celle qui était restée en moi, la même derrière la maigreur, les cheveux presque tous disparus et les yeux qui dévorent le visage : le visage aux traits réguliers mis à part la bouche légèrement asymétrique, le regard gris-vert, clair comme l'eau, le grain de beauté noir, pointe de velours dans le cou, le corps long et mince. Combien de temps restons-nous ainsi à nous regarder, à nous perdre l'un dans l'autre, à nous chercher pour mieux nous reconnaître ?

– Je t'attendais. Merci d'être venu aussi vite.

Sa voix n'a pas changé : grave et chantante. La maladie ne s'est pas attaquée à elle.

– Comment voulais-tu qu'il en soit autrement ?

C'est ma voix qui flanche : le son s'étouffe dans ma gorge.

– Quel froid ce soir ! Tu veux peut-être boire un verre, manger quelque chose ?

Je secoue la tête pour lui faire signe que non. Ne pas lui dire qu'il fait doux. Que, dehors, la nuit est tendre. Et que ça sent bon, Dieu que ça sent bon, moi qui ne me promène jamais dans la campagne, qui suis habitué à l'odeur des villes, celle du bitume et des voitures, derrière la porte les parfums de la terre, leur odeur de chaleur et de vie, m'ont pris à la gorge.

J'aurais dû préparer les premières phrases. En quatre heures de route je n'ai rien trouvé. Et maintenant je suis là, devant elle, sans un mot à lui offrir.

– Je vais me recoucher. Je suis fatiguée. La cuisine est au fond du couloir, sur la gauche. Ouvre les placards, sers-toi. La route a dû être longue. Tu me rejoindras après.

Déjà elle a fait volte-face. Elle s'éloigne sans un bruit. Je la vois gagner l'escalier à petits pas, le corps raide, la démarche maladroite, comme si ses jambes étaient de bois. Elle gravit les marches en s'agrippant à la rampe, dans une effrayante lenteur. Je détourne les yeux.

La tête me tourne à nouveau. J'aperçois une chaise, en face de moi. Je m'y laisse tomber. Je n'ai pas faim. C'est d'un whisky que j'aurais besoin.

Je ferme les yeux. J'ai l'impression d'être sur une terre inconnue. Une terre dont je ne connaîtrais ni la langue ni les coutumes. Une terre où je ne connaîtrais personne. Je suis seul.

Avant de me relever je chuchote son prénom. De nouveau l'angoisse m'étreint. Mon Dieu, être un homme et avoir du mal à se lever, avoir peur de rejoindre une femme qu'on a aimée, avec laquelle on a souffert, être un homme et ne pas être capable de tenir debout! D'autres seraient-ils plus vaillants ?

Je monte l'escalier. Je n'y vois rien. J'avance à tâtons. Pourquoi n'a-t-elle laissé aucune lampe allumée ? Enfin j'aperçois un rai de lumière sous une porte. Je frappe doucement. J'entends sa voix, presque un rire, qui me surprend :

– Entre, voyons. Je t'attends.

J'ouvre la porte. Son visage m'apparaît, pâle, émergeant des draps. D'une main elle me fait signe d'approcher.

– J'ai froid dans ce lit. On se croirait un soir de neige : tout est silencieux. Aucun chant d'oiseau. Juste avant ton arrivée, j'ai ouvert la fenêtre pour regarder au-dehors : je m'attendais à ce que le jardin soit tout blanc. C'est idiot, n'est-ce pas ? En plein mois de juin...

– Tu veux que je t'apporte une couverture ?

– Non, merci.

Elle hésite un instant puis, plus bas, avec douceur, comme si elle ne voulait pas me peiner :

– Ça ne changerait rien, tu sais, à ce froid-là.

Le silence, à nouveau, entre nous. Je ne suis pas certain que nous réussissions à nous rencontrer ; que ce temps, qui nous est compté, ne soit pas gâché : Geneviève est malade, épuisée ; quant à moi, j'ai, ces dernières années, tant contenu ma douleur que je me suis asséché. Tout en moi s'est refermé.

– Tu es seule ?

– Oui. À part la fatigue, je ne me sens pas si mal. Une infirmière passe le soir et le matin. À midi, une voisine m'apporte les repas. Pour le reste, tu sais…

Un léger sourire sur son visage. Elle ferme les yeux. Je remarque, autour de son cou, une chaîne en or que je ne lui connaissais pas. Une chaîne ancienne, très fine.

– Il y a un fauteuil, là, dans le coin. Prends-le. Viens t'asseoir à côté de moi.

Je m'exécute, sans un mot. Ses yeux sont restés clos. J'ose davantage la regarder : je m'attarde sur son visage, ses cheveux, son cou. Les minutes passent. Je me rapproche d'elle.

– Tu t'es soignée, Geneviève ? Est-ce que tu as été hospitalisée ? Ils peuvent peut-être faire quelque chose ?

– Oh non, surtout pas, pas l'hôpital. Même s'ils pouvaient me prolonger quelques mois, à quoi cela servirait-il ? J'ai suffisamment prolongé ma vie. J'ai l'impression d'être arrivée au bout de quelque chose. Je n'ai plus de désir. C'est sans doute parce que je dois être déjà un peu partie. Même ma maison, Vincent, même ma maison, que j'ai tant aimée : je m'en fous. Quelqu'un la reprendra et s'en occupera aussi bien que moi, si ce n'est mieux.

Elle ouvre les yeux. Quelque chose vient de passer sur son visage : un frémissement, une pâleur soudaine. Elle se tait quelques instants, ferme les yeux de nouveau.

– Te dire que je n'ai pas peur de mourir, ça, non, je ne le pourrais pas. Lorsque je pense à la fin, aux derniers instants, l'angoisse est là. L'angoisse de cette solitude-là. J'ai peur, oui, j'ai peur. Par moments, j'en hurlerais presque. J'ai encore cette énergie-là, vouloir en hurler. Mais je dois bien reconnaître, pourtant, que tout est fini, et que c'est bien ainsi. Enfin, tout... pas tout, puisque j'ai voulu que tu viennes.

Je me penche vers elle. Mes yeux me brûlent. J'ai l'impression que chacun de ses mots entre dans ma chair. Elle ouvre les yeux, se redresse. Je l'aide à disposer deux oreillers derrière sa nuque. Elle me regarde. Ses yeux me fixent intensément, sans un sourire, comme s'ils cherchaient une réponse à une question.

– Je ne veux pas que tu restes longtemps auprès de moi. J'avais seulement besoin que nous parlions une dernière fois. Je ne pouvais pas disparaître sans que nous parlions d'elle une dernière fois.

Je me lève. Il fait chaud dans cette chambre. On manque d'air. Je ne peux pas. Je n'aurais pas dû venir.

— Pourquoi n'as-tu pas mis ton lit près de la fenêtre ? Là où tu es, tu ne vois rien.

— Il était près de la fenêtre. J'ai demandé avant-hier à l'infirmière de le déplacer ici. C'est mieux ainsi.

D'un doigt j'écarte les rideaux, j'entrouvre les volets. Un souffle tiède me parvient. Au loin, les grenouilles croassent. J'entends sa voix, basse, presque un murmure :

— Elle me manque, Vincent, si tu savais comme elle me manque. Elle ne m'a jamais autant manqué que ces derniers jours. Parfois je rêve qu'elle est auprès de moi, qu'elle éponge mon front, qu'elle m'embrasse. Elle m'aide à mourir. Dans mon rêve tout est doux, bon. Je suis calme. Puis je me réveille, seule. C'est atroce. Je ne sais plus… Ces matins-là je reste allongée. Je suis incapable de me lever.

Elle s'est interrompue.

Retourne-toi, prends-la dans tes bras. Ne la laisse pas seule.

Je ne peux pas. Je ne peux pas. Quelque chose m'en empêche, et je ne sais pas quoi. Je suis retenu à quelques pas d'elle, loin d'elle.

— Que son corps n'ait jamais été retrouvé...
Aucun vêtement, rien. Qu'on n'ait jamais rien
su de ce qui s'est passé... Je ne peux pas le
supporter, je ne peux plus.

Je me rapproche du lit. Sa tête s'est affaissée.
Je ne distingue pas ses yeux.

Je soulève le drap. Sa main droite repose sur
son ventre. Avec précaution je la prends, l'enserre
entre mes paumes. Je n'avais pas encore touché
Geneviève depuis mon arrivée. Je tressaille légèrement. Sa main est glacée. Lui rendre un peu de
chaleur.

Je chuchote :

— Il faut essayer de croire qu'elle n'a pas souffert.

— Elle a dû penser que nous l'avions abandon-
née. Nous n'aurions jamais dû faire arrêter les
recherches.

— Tu sais bien qu'ils ont cherché des semaines
entières. Il n'y avait rien, pas le moindre indice,
aucun témoin. Tu sais qu'ils ont fait le maximum.

Sa main me paraît moins froide. Ses doigts
s'agitent entre les miens. J'ajoute, doucement :

— C'est le temps qui fausse les perspectives,
qui déforme le passé.

Je n'ose pas préciser : le temps, et la maladie,
l'imminence de la fin. Elle reprend, d'une voix
plus lente, plus calme :

– Tu as raison, bien sûr. Je ne sais pas pourquoi, depuis quelques jours je revis intensément les moments qui ont suivi sa disparition. La stupeur, d'abord, de la savoir disparue. L'effroi. Puis l'attente. Notre éloignement... Tout est si clair dans ma tête. Je me souviens de tout, du froid de ce mois de février, de notre jardin, de toi, ton corps amaigri. Je me souviens de ces heures épuisantes, infernales, sans issue. Je me souviens de notre impuissance.

Dans un effort elle se tourne vers moi, me regarde :

– Pardonne-moi de te dire tout ça. Tu n'as peut-être pas envie d'évoquer ces moments. Voilà ce que je voulais te dire : j'ai tenu un journal, pendant quelques mois. J'écrivais le soir, lorsque j'en avais le courage. Je me raccrochais à ce temps d'écriture comme d'autres se seraient raccrochés à une mère, à un frère... Ce n'était pas pour adoucir ma peine : c'était pour ne pas me laisser submerger par elle. Pour que la douleur ne m'emporte pas. Lorsque je me suis installée ici, j'ai continué à écrire, mais pas tous les jours : seulement lorsque j'en éprouvais le besoin. Ça fait quatre ans que je n'ai pas ouvert ces cahiers. J'aimerais que tu les gardes, Vincent. Ce que nous n'avons pas su partager lorsque Clara a disparu, j'aimerais que cela te revienne maintenant.

Tu les liras lorsque tu en auras envie, peut-être dans des années, qu'importe. Les savoir près de toi me sera doux.

Elle essaie de me sourire. Je hoche la tête :

– Je les emporterai avec moi, je te le promets. Dis-moi où ils sont.

– Sur mon bureau, dans la petite pièce à côté de la cuisine. Tu les trouveras sans mal : ils sont dans une pochette bleue. Il y en a trois.

Elle se tait à présent, ferme les yeux. J'entends sa respiration, rapide, saccadée. Parler autant a dû l'épuiser. Je regarde son visage amaigri. Je ne peux pas croire qu'elle est mourante. Je ne peux pas croire que, bientôt, elle ne sera plus là.

Mais déjà elle reprend, d'une voix lente, paisible :

– Je ne sais pas comment ça s'est passé pour toi. Pour moi, ces quinze années ont été calmes, claires. Il fallait, chaque jour, trouver comment apprivoiser le temps. Lorsque je suis arrivée ici, j'étais comme anesthésiée : le matin je me levais, le soir je me couchais, la même. Les journées passaient, je n'éprouvais rien. J'ai commencé à penser que tout ça ne servait à rien, qu'il valait sans doute mieux en finir. Et puis, peu à peu… Il a bien fallu s'occuper de la maison : le jardin, les plantes qui envahissaient tout si je ne faisais rien, les arbres qui tombaient malades, la peinture qui s'écaillait, les fissures qui apparaissaient... Moi qui n'y connaissais rien, j'ai appris. Et peu à peu, je me suis rendu compte que je revenais à la vie : le soir j'avais des ampoules, des courbatures ; mon dos était raide ; j'avais soif, j'avais faim. Comme c'était bon d'éprouver ces petites misères ! Mon corps redevenait de chair et d'os... C'était presque... un miracle. Je pensais à toi, je me demandais comment tu faisais : tu étais resté là-bas, à Paris, tu n'avais pas la terre pour te sauver, comment pouvais-tu continuer à vivre ? Combien de fois ai-je voulu t'appeler ! Je me disais : il faut lui faire partager ça, autrement il ne pourra pas s'en sortir. Quelle idiote j'étais, n'est-ce pas !

Elle me regarde dans un sourire. Ses joues se creusent un peu plus.

– Pourquoi a-t-on toujours besoin de croire, de vouloir les autres comme nous ? Moi j'avais la terre, toi tu avais certainement trouvé autre chose qui te permettait de continuer, à ta manière. Enfin, voilà, je te raconte tout ça... C'est pour que tu imagines un peu ce qu'ont été ces années ici.

Je me penche vers elle :

– Geneviève, allons-nous-en, sortons de cette chambre. On va aller se promener, il fait doux, je vais te couvrir, tu verras, ça te fera du bien.

Tu ne peux pas rester là, enfermée jour et nuit, tu as besoin d'air.

Elle me dévisage, surprise, puis me répond, un léger reproche dans la voix :

– Vincent, je ne pourrais pas faire dix mètres. De toute façon, il fait nuit, où veux-tu qu'on aille ?

Un silence, puis elle ajoute :

– Et puis, tu sais, je n'ai pas envie d'aller me promener. Voir les arbres, le ciel, sentir la terre, l'odeur de juin. Je n'en ai plus envie, tu comprends ?

Fermer les yeux. Respirer. Ne pas flancher, pas devant elle.

Elle reprend, plus bas :

– J'aimerais que nous parlions toute la nuit. J'ai réservé mes forces pour toi, pour nous. Depuis deux jours je dors, je n'arrête pas de dormir. Lorsque j'ouvre un œil, c'est juste pour avaler quelque chose, pour boire de l'eau. Puis je me rallonge, je me rendors. Il n'y a plus que ça qui compte pour moi, ces derniers instants que nous allons partager. Parce que, tu vois…

Elle s'interrompt. Son regard plonge en moi, comme pour m'adresser une prière. J'ose le soutenir, accepter son étreinte muette. Nous nous regardons, longuement. Nous nous abandonnons l'un à l'autre.

Elle chuchote :

— Ça ne veut rien dire, le temps, n'est-ce pas ? Parfois, l'éternité est là...

Elle n'achève pas sa phrase. Je hoche la tête en silence. Je l'entends murmurer :

— C'est tout de même difficile d'accepter de s'en aller. Parfois la vie, sans prévenir, reprend le dessus, avec son cortège de désirs, ses mouvements de danseuse...

Je me penche vers elle, l'enserre avec précaution : je ne voudrais pas lui faire mal. Son corps est si maigre à travers le coton de son vêtement. On sent les os.

— On s'en va tous, Geneviève. On ne fait que passer. Clara, elle aussi, n'aurait fait que passer.

— Tu veux dire : Clara, elle aussi, n'aura fait que passer. Ma Clara... Son corps doux, chaud. Son teint de lait. Sa voix claire. Son rire. Elle aurait fini par nous échapper, comme tous les enfants. Par s'envoler. Parfois, je me demande... Tu crois qu'elle aurait été belle ? Moi, je le crois. J'ai essayé si souvent de l'imaginer adolescente, puis jeune femme. L'image n'est jamais la même : tantôt les cheveux courts, tantôt les cheveux longs ; tantôt mince, tantôt rondelette... Comme si j'avais mille Clara... Le corps change tant à l'adolescence.

Je caresse le creux de la nuque, caché, autrefois,

par les cheveux. Je sens son corps frémir sous mes doigts. Elle demeure immobile.

– Tu vis avec quelqu'un ?

– Oui.

– C'est bien. Demain, tu partiras la retrouver. Tu continueras.

Je continuerai quoi ? Je continuerai quoi, Geneviève ? Comment lui dire que je ne vis pas avec Pascale, je vis à côté d'elle. Je ne sais plus vivre avec quelqu'un.

– Et toi ? Tu es restée seule pendant toutes ces années ?

– Oui. Je n'aurais pas pu… Nous nous étions quittés mais je t'aimais toujours. J'aimerais tant comprendre où a fui notre amour, dans quelle cavité il s'est enfermé, rétracté. Mille fois je me suis posé la question. Je n'ai jamais su y répondre. C'est comme si la douleur m'avait scellée à toi pour toujours tout en m'empêchant de continuer à vivre auprès de toi, je ne sais pas comment dire…

– Oui, je sais. Je comprends.

– J'ai soif, Vincent. Va me chercher de l'eau, s'il te plaît.

Sa voix, soudain pâteuse. Je la regarde : elle tremble.

– J'y vais. Repose-toi, en m'attendant.

95

Elle hoche la tête, ferme les yeux. Je sors de la chambre, me dirige vers la cuisine.

Le couloir est sombre. J'avais oublié que toutes les lumières étaient éteintes. Impression d'être un enfant : le couloir n'en finit pas. Je ne sais pas où je vais. J'ai peur d'avancer. J'ai peur de me perdre. Je voudrais fuir, échapper à Geneviève, à ses tourments, à son épuisement. Je voudrais être là et être ailleurs. Si je prenais un livre et que je racontais à Geneviève une histoire, si je lui lisais des poèmes ? Lui fermer peu à peu les yeux, comme un enfant effrayé par la nuit qu'on aiderait à s'endormir.

Je pense à ma mère soudain. Elle a eu la chance de ne pas avoir connu la maladie. De s'en être allée un soir de mai, sans prévenir, discrète comme elle l'avait été toute sa vie. Pourquoi certains êtres connaissent-ils davantage d'épreuves que d'autres ?

Je suis enfin dans la cuisine. J'allume la lumière. Sur la table, une bouteille d'eau, un bol rempli de cerises. Le réfrigérateur est presque vide : quelques tomates, une salade, un morceau de fromage. Ce basculement des années en arrière tout à coup : notre premier appartement. Nous nous aimons depuis quelques mois. Nous signons le bail un samedi après-midi, puis, clés en main, nous courons à l'appartement encore vide. C'est un tout petit studio, mal fichu, bruyant, aux peintures qui s'écaillent, et qui nous paraît merveilleux. Je me souviens de la sensation d'avoir été comblé au-delà de mes rêves les plus fous : le sentiment de plénitude. Le monde m'apparut si clair ce jour-là. Geneviève ressentait la même chose. Cet après-midi-là, elle et moi avons connu la joie.

Que reste-t-il de sentiments aussi forts, des années plus tard ? Dans quelle part de nous-mêmes sont-ils enfouis ? Nous ont-ils fait grandir, ou bien se sont-ils contentés de passer, simplement, sans laisser de traces ? Je me sens si vide ce soir, si loin de cette joie. Peut-être, si Clara n'avait pas disparu, aurait-elle été le réceptacle vivant de cette joie ? Elle absente, je me demande presque si tout cela a été vrai, ou si ce n'est pas ma mémoire, mon désir de me dire que j'ai vécu, éprouvé des sentiments forts, qui me joue des tours.

Non, ce n'est pas possible : cette joie, je n'ai pas pu l'inventer, l'imaginer. Elle m'a certainement traversé.

Je pense soudain aux cahiers dont Geneviève m'a révélé l'existence. J'aperçois, de la cuisine, la porte qui donne sur la petite pièce dont elle m'a

97

parlé. J'entre : il y a juste assez de place pour une table et un fauteuil. Ce lieu a dû être le refuge de Geneviève. La pochette bleue est posée en évidence sur la table. Je m'approche, l'effleure. J'hésite un instant puis je retire ma main. Aurai-je un jour le courage de lire ces lignes ? de découvrir les mots que Geneviève a tenté de mettre sur notre souffrance ? Je n'ai pas envie de basculer à nouveau dans l'enfer : le sol sur lequel je tiens debout est si incertain. Je manque à chaque instant de vaciller. À quoi bon me rendre plus fragile encore ?

Je m'assieds. Je ferme les yeux. Nuit calme et triste. Nuit d'abandon. Aurais-je pu habiter dans cette maison ? Non : je n'aurais pas eu la force de Geneviève pour affronter le vide que Clara a laissé derrière elle. Geneviève n'a jamais oublié Clara : elle a choisi de se réfugier ici pour apprendre à vivre avec elle absente. Moi, Clara, je l'ai laissée fuir, disparaître de ma mémoire, de mon corps. Je l'ai perdue deux fois.

Clara. Depuis combien de temps n'ai-je plus pensé à toi ? J'ai peur de te chercher. J'ai peur de te trouver. Quelque chose fait barrage en moi. Pardonne-moi : je ne sais pas être le père d'un enfant-fantôme. Je n'ai pas assez la foi pour faire vivre ce qui n'existe plus.

Je retourne dans la cuisine, prends la bouteille d'eau et le bol de cerises. Je laisse la lumière allumée afin de ne plus parcourir cette maison comme un aveugle : je veux y voir clair.

Je reprends le couloir. L'envie de fuir m'a abandonné : il faut retrouver Geneviève. Entendre sa voix, encore et encore, que jamais elle ne cesse de résonner. Je voudrais, un instant, oublier que nous sommes voués à la perte pour croire que la vie peut encore se déployer devant nous comme un paysage ouvert sur l'infini.

Parvenu devant la porte de sa chambre, je frappe un léger coup et entre aussitôt. Elle est dans la même position que lorsque je l'ai quittée : même ses bras n'ont pas bougé. Ses yeux sont clos. Dort-elle ? Je m'approche doucement. Je la contemple. Elle respire vite. Parfois, sous ses paupières, un léger tressaillement. J'aimerais la serrer contre moi, l'empêcher de s'en aller. Comment pourrais-je la laisser affronter seule les derniers instants ? Qui la soulagerait ? Qui lui tiendrait la main ?

Devant son corps endormi, je comprends que je ne peux plus me dérober. Me voilà au pied du mur : le mur du corps de Geneviève, malade, reposant à quelques centimètres de moi. Cette fois, je ne peux pas fuir. Je suis là, pour elle. Je suis là.

— Tu es revenu ? Je ne t'avais pas entendu.

— Je n'ai pas fait de bruit : je pensais que tu dormais. Attends, je vais tirer les rideaux : je les avais laissés entrouverts.

En un instant je suis devant la fenêtre : je ne veux pas qu'elle remarque mon trouble.

— Ne sois pas inquiet pour moi, Vincent. Tu sais, je suis déjà un peu partie. Le plus difficile, ça a été il y a quelques semaines : lorsque j'ai compris que tout était fini et que je mourrais sans revoir Clara. C'est idiot, n'est-ce pas ? C'est la certitude de ma mort qui m'a fait définitivement croire à sa mort. Avant subsistait quelque chose comme... pas un espoir, non. Le mot serait trop fort. On ne peut pas attendre quinze ans son enfant et continuer à espérer qu'il revienne un jour. Mais quelque chose comme... un flou autour de sa disparition, une équivoque. Une trouée possible. L'homme croit aux miracles. Même dans les circonstances les plus dramatiques, il croit encore qu'il peut s'en sortir. C'est sans doute pour ça qu'il parvient à tenir debout dans l'enfer.

Elle me regarde. Son visage est clair. Elle est belle. Je sais pourquoi nous nous sommes aimés.

— Tu comprends, lorsque le médecin m'a dit que c'était la fin, je me suis dit, tout à coup, comme au sortir d'un très long rêve : que me reste-t-il désormais ? Y a-t-il encore quelque chose d'essentiel, à côté de quoi je ne veux pas passer ? La réponse a été évidente : c'était toi. Ce que nous avons partagé, Vincent, notre amour, puis Clara, puis sa disparition, c'est ma vie. Sa joie et sa déchirure. Le reste n'a aucune importance. Pourquoi faudrait-il ne retenir de la vie que sa part de lumière ? C'est l'ombre qui donne à la lumière sa splendeur. Cela peut paraître effroyable de dire ça, mais, tu sais, si nous n'avions pas perdu Clara, je n'aurais pas su la valeur de l'instant, la valeur de la terre, des petites choses, la valeur de toi avec moi quelques heures cette nuit. Cette fraternité-là, plus forte que notre amour. Ne sois pas triste, Vincent. Ce n'est pas parce que je m'en vais plus tôt que d'autres que je perds quelque chose d'important. Je rends grâce, au contraire, de connaître ces instants. L'éternité n'est pas dans le temps, elle est dans la profondeur. Dans son vertige. Je ne sais pas à qui je rends grâce, je ne sais pas si la mort ouvre sur quelque chose, mais je crois que cette lumière-là, d'une manière ou d'une autre, subsistera. La lumière ne se dissipe pas : elle demeure. N'est-ce pas ?

Je hoche la tête en silence. J'essaie de lui sourire. Elle se redresse légèrement, tend une main vers moi.

– Approche-toi. Serre-moi.

J'enfouis mon visage dans son cou. Elle a froid. Ne rien dire : mes mots à moi sont impuissants. Ils n'ont pas l'éclat des derniers instants.

– Je vais me reposer. Reste auprès de moi, si tu le veux bien.

Je ramène une mèche de cheveux derrière son oreille. Un geste que j'ai tant aimé faire autrefois, et que j'avais oublié. Elle ferme les yeux. Ses doigts sont restés agrippés aux miens. Avec précaution je repose nos mains sur le drap blanc. Je n'ose pas me dégager. Je fixe nos deux mains de toutes mes forces, jusqu'à ce que ma vue se brouille et que je ne sache plus lequel de ces morceaux de chair m'appartient ; comme si je me dissolvais. Peu à peu je m'apaise : je m'oublie. La douleur s'éloigne. Je ferme les yeux.

Je me réveille en sursaut. Il fait chaud. Ma peau est moite, ma gorge sèche. Geneviève dort encore. Sa main a lâché la mienne. Je la regarde quelques instants : sa respiration est calme. Je me lève : j'ai soif.

Je sors de la chambre, me dirige vers la cuisine. Je bois deux verres d'eau puis passe ma tête sous le robinet pour me rafraîchir. Je laisse l'eau couler longtemps. Mes yeux sont fermés, je n'entends rien. Je pourrais pleurer, je ne sentirais pas mes larmes se mêler à l'eau. Lorsque je me redresse et que j'ouvre à nouveau les yeux, je me sens presque bien.

J'ouvre la fenêtre pour laisser la fraîcheur de la nuit envahir la pièce. On entend les grenouilles. Le ciel est rempli d'étoiles. Je ne résiste pas à l'envie d'aller dehors. La porte grince légèrement. Je fais quelques pas puis m'assieds dans l'herbe humide du jardin. De nouveau la langueur de l'été me prend à la gorge.

Je songe soudain à Laura, la sœur de Geneviève. Je n'ai pas demandé à Geneviève ce qu'elle était devenue. C'est curieux qu'elle ne m'ait pas parlé d'elle: elles étaient si proches. Le lien qui les unissait exerçait sur moi une forme de fascination. Leur proximité m'étonnait tout en creusant en moi une imperceptible plaie: elle me révélait ce que je n'avais pas eu la chance de connaître. Avant de rencontrer Geneviève, je n'avais jamais éprouvé la sensation du manque d'un frère ou d'une sœur: la solitude de mon enfance était le matériau avec lequel je m'étais construit. Ce matériau m'était aussi familier que ma propre respiration ou les légères cicatrices que j'ai sur le corps. Lorsque j'ai fait la connaissance de Geneviève, puis de Laura, l'évidence de leur lien, la connaissance intime que chacune avait de l'autre m'ont fait découvrir une union que je n'aurais pas crue possible. Je sentais d'ailleurs que je n'avais pas tout à fait ma place avec elles : même si elles m'accueillaient avec gentillesse dans leurs discussions, me demandant parfois mon avis, j'étais de trop, elles se suffisaient à elles-mêmes : entre elles deux, rien ni personne n'était essentiel.

Sont-elles restées proches ? Là où Geneviève et moi avons échoué, ont-elles réussi ? Les liens du sang résistent-ils à la douleur ?

J'ai soif à nouveau. Je me lève, fais quelques pas. La lune est presque pleine, les étoiles brillent. Regarder cette immensité m'apaise : il me semble que tout est à sa place, que ma fragilité s'accorde avec tant de puissance, tant d'espace. Clara n'est plus là, Geneviève dans quelques jours ne sera plus là, un jour moi aussi je m'en irai. À notre place, d'autres, qui s'émerveilleront de la beauté du monde, éprouveront la langueur des mois de juin. Oui, peut-être tout est-il bien ainsi.

Je rentre dans la maison. Avant de regagner la chambre de Geneviève, je fais un détour par la cuisine pour boire encore un peu d'eau. Je suis heureux d'être sorti : je me sens mieux, plus fort pour affronter les dernières heures de la nuit.

– Tu étais dehors ?

Je sursaute. Elle est debout devant moi, se tenant à la rampe de l'escalier, pâle et irréelle dans une longue chemise de nuit claire.

– Oui.

– J'avais entendu la porte. Tu t'es promené dans le jardin ?

– J'avais besoin de prendre un peu d'air. C'est une belle nuit. Moi qui ne vais jamais à la campagne... Je ne suis plus habitué. Toutes ces odeurs, ce silence... Pour un peu, j'en aurais la tête qui tourne.

Elle hoche la tête en souriant. Une bretelle blanche de sa chemise a glissé sur son épaule. Je la fixe. Un léger trouble m'envahit. Quel est ce corps devant moi ? Un corps malade ? Un corps autrefois aimé ?

– Qu'y a-t-il ? Tu as soif ? Besoin de quelque chose ?

– J'ai eu envie de me lever, tout simplement. Envie d'un peu de mouvement...

Je la regarde plus attentivement : ses yeux sont brillants. J'entends sa respiration rapide, saccadée. Elle doit avoir de la fièvre.

– Viens, je vais t'aider. Appuie-toi sur moi. Où veux-tu aller ?

Elle demeure immobile, tête baissée. Songe-t-elle, comme moi, à tous les pas que nous aurions pu faire, côte à côte, dans la merveilleuse tiédeur de cette nuit de juin, si la maladie n'avait pas dévasté son corps ?

J'ai envie de lui prendre la main et de la serrer, le plus fort possible. La retenir. L'empêcher de disparaître.

– Je ne sais pas si j'ai bien fait de me lever, Vincent.

Elle a parlé d'une voix rauque. Faire semblant de ne pas avoir compris ce qu'elle voulait dire. Je murmure, sur un ton que je voudrais enjoué mais que je sens implorant :

– Mais si, voyons ! Au contraire, ça va te faire du bien.

À quel jeu jouons-nous ? Et pourquoi ? Pourquoi avoir encore besoin de jouer, alors que tout s'achève ? Pourquoi continuer à faire semblant ?

Elle s'agrippe soudain à mon bras, me scrute intensément :

– Tu te souviens de la naissance de Clara ? Tu étais inquiet, la sage-femme était douce. Elle nous rassurait. Clara est sortie en frétillant comme une anguille. Tu n'osais pas la toucher. Nous pleurions. Je n'ai jamais oublié.

Elle a parlé si bas que c'en est presque un rêve. Je ferme les yeux. Je lutte. Je lutte encore pour échapper à son souvenir.

– Si tu gardais une image d'elle ?

– Je ne sais pas, Geneviève.

– Je t'en prie. Une image. Une seule.

– Je ne peux pas.

Elle se tait à présent. Je n'ose pas lever les yeux sur elle. Affronter sa peine.

– Moi, j'ai tant d'images d'elle en moi : elle hurlant, bébé. Elle dormant dans son berceau. Elle riant dans tes bras lorsque tu la faisais sauter en l'air. Elle tombant chez ta mère et s'ouvrant l'arcade sourcilière. Elle sur une balançoire. Elle le premier jour d'école, son cartable jaune sur le dos, sérieuse et fière… Toutes ces images… Elles brillent dans ma tête. Elles brillent trop fort. J'ai beau fermer les yeux… Elles sont là. Elles me transpercent.

– Viens, Geneviève. Sortons dans le jardin. Même si tu ne peux faire que quelques pas. Viens.

Elle hésite encore. Je gravis une marche pour la rejoindre, tends une main vers elle.

– Fais-moi confiance.

Sa main soudain dans la mienne, brûlante. Très lentement elle descend une marche, puis une autre. Je m'efforce de marcher aussi lentement qu'elle. Mon cœur bat à tout rompre. Je chuchote :

– Pour moi, ce sont des images de toi. Je les avais oubliées. Te revoir les fait émerger.

– Tu les conserveras, n'est-ce pas ?

– Oui. Je ne veux plus y renoncer.

Nous passons devant la cuisine. Je m'arrête un instant :

– Tu veux boire quelque chose ?

– Merci, oui. J'ai soif. Je boirais bien de l'eau, s'il te plaît.

– Attends-moi là, j'arrive tout de suite.

Je lâche la main de Geneviève. Elle se laisse tomber dans un fauteuil. Je passe une main sur son front : il est trempé de sueur. Je répète, aussi doucement que possible :

– J'arrive tout de suite.

Quatre à quatre je gravis à nouveau les marches : je cherche la salle de bains, je cherche le linge de toilette, je cherche un gant frais pour le front brûlant de Geneviève. Je dois me dépêcher : elle m'attend, exténuée, fiévreuse et assoiffée, je lui ai promis de faire vite. J'entre dans une pièce obscure, en ressors aussitôt pour entrer dans une deuxième, tout aussi obscure, je trébuche sur quelque chose et manque de tomber, par chance je me rattrape, j'ai mal à la cheville, je ne trouve pas la salle de bains, je ne trouve pas de gant, je désespère de trouver ce que je suis venu chercher, je désespère de pouvoir réconforter Geneviève qui m'attend en bas, silencieuse, qui attend que je lui parle de Clara, que je lui donne toutes les images que j'ai conservées d'elle, mais comment lui parler de Clara puisque je ne sais plus rien d'elle, puisqu'il ne me reste rien, ni sa voix ni son visage, j'ai chassé au plus profond de moi toutes les images jusqu'à en oublier que j'avais été un père ?

Enfin, je trouve un gant de toilette. Je traverse le couloir en courant, redescends l'escalier. J'aperçois Geneviève de dos : elle n'a pas bougé, affaissée dans le fauteuil. Sa tête est légèrement penchée sur le côté. J'entre dans la cuisine, remplis un verre d'eau puis mouille le gant. Mes mains tremblent légèrement. Pour ne penser à rien j'essaie de me concentrer sur l'eau froide qui gicle et tourbillonne dans l'évier. Mes doigts deviennent glacés. Je laisse l'eau couler. Bientôt mes mains ne ressentent plus rien : je suis, pour un instant, anesthésié. J'échappe à toute douleur.

Je sors de la cuisine, rejoins Geneviève. Ses yeux sont grands ouverts, son immobilité saisissante. Elle ne semble pas m'avoir entendu.

– Geneviève ?

Pas le moindre mouvement : si ses yeux n'étaient pas ouverts, on pourrait la croire profondément endormie. Où est-elle ?

Je pose une main sur son épaule.

– Geneviève, je t'ai apporté un verre d'eau. Bois, ça te fera du bien.

Elle ne bouge pas, ne répond pas. La fixité de son regard m'effraie. Je passe une main devant ses yeux, lentement, de gauche à droite puis de droite à gauche : elle ne réagit pas. J'écoute sa respiration, rapide mais régulière.

Chasser la panique. Ne pas me laisser submerger par elle. Penser seulement à Geneviève. Trouver les gestes apaisants, ceux qui sauront la ramener à la vie.

Je pose le gant sur son front encore brûlant. Il me semble, mais je me trompe peut-être, il fait assez sombre et je suis fébrile, il me semble qu'elle a légèrement tressailli, que le contact du gant froid sur sa peau a provoqué en elle quelque chose. Je laisse le gant reposer sur son front et je lui saisis une main. Doucement je la presse entre mes paumes, je la caresse. Puis je la repose, je m'empare de son autre main tout en murmurant son prénom. Chacun de mes gestes est lent, et cette lenteur m'apaise. Je sais, soudain, ce que je n'ai jamais su : je ne connais pas la maladie mais Geneviève va revenir à elle, dans quelques minutes ou dans quelques heures, elle a besoin de me parler encore, ce malaise n'est que le premier d'une longue série, la nuit peu à peu l'enveloppe mais au-dessus de son visage les étoiles brillent encore.

Je n'ai plus peur. Je suis calme. J'enlève le gant, pose un baiser sur son front. J'attends que Geneviève émerge du lac noir dans lequel, pour quelques instants, elle s'est laissé engloutir.

Combien de temps cela a-t-il duré ? Dix minutes ? Une heure ? Le temps ne s'écoule plus, il s'est figé, ou peut-être dissous, je ne sais pas, il n'y a plus de temps, ne restent que des plongées dans des espaces sur lesquels le temps n'a pas prise, des espaces dans lesquels je n'avais jusqu'alors jamais pénétré, où mort et vie, mouvement et immobilité, joie et douleur se confondent jusqu'à ne plus faire qu'un, et même si quelqu'un tout à coup apparaissait et s'adressait à moi, je ne sais si je pourrais lui répondre, parler la même langue que la sienne, car je suis en train d'aborder le rivage d'un monde dans lequel Geneviève se retire, et cette terre nouvelle, inconnue, m'arrache à moi-même tout en me rendant à celui que j'avais perdu. Je contemple Geneviève qui cligne des yeux, me sourit faiblement. Je suis heureux d'être là, debout devant elle.

– J'ai soif.

Je lui tends le verre. Elle boit à petites gorgées, d'un trait, puis relève le visage vers moi :

– Merci d'avoir pensé à l'eau.

Sa voix est très faible, presque étouffée. Je ne sais pas si elle a conscience de ce qui vient de se produire. Je ne le lui dis pas : je ne crois pas que cela soit nécessaire.

– De rien. Tu en veux encore ?

Elle me répond non, d'un signe de la tête.

– Crois-tu que, si tu m'aides, nous puissions aller dehors, quelques instants ? Je t'avais dit que je ne voulais pas sortir, mais, depuis... Lorsque j'ai entendu la porte s'ouvrir, tout à l'heure... Je ne sais pas... J'ai ressenti comme...

Elle n'achève pas sa phrase, me regarde dans les yeux, longuement.

– C'était comme une envie de voler, elle finit par murmurer, dans un souffle.

Je m'approche d'elle, l'enlace. Je sens son corps s'affaisser sous le mien. Je la porte presque.

– Bien sûr que nous allons y arriver. Tu vas te tenir à moi, nous allons marcher très lentement. Ne t'inquiète pas.

Un pas, puis un autre. Ne pas penser aux suivants. Ne pas lever les yeux vers la porte d'entrée, à quelques mètres de nous, si loin. Supporter le poids du corps de Geneviève, de plus en plus lourd entre mes bras. Lui sourire, pour qu'elle ne sache pas que j'ai tant de peine à la soutenir. Lui sourire, encore et toujours.

– On y est presque.

– Regarde dans quel état je suis... Ce n'est pas possible d'être dans cet état. C'est...

– Chut, tais-toi. Tu vas voir comme ça sent bon dehors. Tu me diras le nom des fleurs, je n'y connais rien.

Elle hoche la tête en silence. Je jette un coup d'œil vers elle, à la dérobée. Au coin de sa paupière droite, une larme qui ne coule pas. Je serre sa main un peu plus fort.

Nous nous sommes assis sur l'herbe, Geneviève entre mes bras, emmitouflée dans une couverture en laine grise que j'ai trouvée près de la porte. Pendant un long moment nous ne disons rien. Son odeur m'enveloppe. Je ferme les yeux.

– À côté, là, c'est un magnolia. Il n'est plus en fleur, ce n'est pas la saison. Début avril il donne des fleurs blanches magnifiques. Et là-bas, un peu plus loin, c'est un laurier-rose. Mon arbuste préféré.

Elle parle très lentement, d'une voix à peine audible. Je sais qu'elle me donne ses dernières forces. Je prends une grande respiration puis je prononce, dans un souffle :

– Bien sûr que je me souviens de sa naissance. J'étais plus inquiet que toi. Je ne pouvais pas y croire. J'avais l'impression qu'elle ne viendrait jamais. Je me souviens du cri qu'a poussé Clara lorsqu'elle est enfin sortie. Ce cri... Une telle force... J'ai eu l'impression que je me disloquais.

Elle ne dit rien. J'ouvre les yeux, les referme aussitôt. Je sens les images remonter en moi, une série de vagues de plus en plus puissantes, un flux et un reflux contre lequel je ne peux désormais plus rien. Geneviève est contre moi, je sens la vie palpiter encore en elle, et Clara est avec nous, entre nous. Clara est là, je ne l'avais donc pas perdue. Clara est là, entre nous deux, sa mère et son père.

– Tu te souviens de la crise qu'elle nous a faite lorsque nous lui avons appris que nous allions déménager ? Je crois que c'est la seule fois qu'elle s'est mise dans cet état-là. Une telle colère... Une journée entière pour l'apaiser... Je me souviens aussi de la première fois que nous avons fêté son anniversaire avec ses amies. Elle devait avoir quatre ans, cinq ans ? Elle s'était faite belle.

– La robe bleue et orange, oui, je m'en souviens aussi. Comme elle était fière !

– Ses yeux brillaient. Elle avait mis tous ses colliers. Je m'étais dit : dans dix ans déjà ce sera une petite femme...

Je caresse le dos de Geneviève. Ses cheveux. L'air est d'une douceur merveilleuse.

– Comment s'appelait sa copine ? Sophie ? Julie ?

– Camille.

– Camille, tu as raison. Elle était gentille, cette petite. Qui sait ce qu'elle est devenue ?

Le silence, à nouveau. J'essaie de retrouver les traits de Camille. Je n'y parviens pas. Geneviève se recroqueville un peu plus entre mes bras. Elle tourne son visage vers moi, l'enfouit contre ma poitrine.

– Je voudrais que tout finisse maintenant, elle chuchote. Là, entre tes bras. Je crois que je n'aurais pas peur.

Je la serre contre moi. Je sais soudain comme nous nous sommes aimés. La force de notre amour m'apparaît avec une telle évidence que j'en reste saisi : ainsi, le bonheur, c'était elle et moi. Cette simplicité-là. Et tout ce que nous avons partagé ensemble, puis perdu, appartient à cet amour-là.

Son corps tremble légèrement.

– Tu as froid ?

Pour toute réponse, elle se contente de s'appuyer un peu plus contre mon épaule.

– Viens, Geneviève, rentrons. Il ne faut pas que tu aies froid.

Elle secoue la tête. Ses lèvres murmurent

quelque chose que je ne comprends pas. Je me penche davantage vers elle. J'entends :

– C'est pas grave si j'ai froid. Je veux rester encore un peu ici.

Je hoche la tête en silence. La nuit glisse sur Geneviève. Les mots n'ont plus d'importance. Quelque chose brûle en moi, et je ne sais si c'est une lumière ou une douleur. Je ferme les yeux.

Aurions-nous pu faire autrement ? Tenir côte à côte, sans tituber ? Sans nous séparer ? Avons-nous renoncé trop tôt ?

Nous ne le saurons jamais. Il est trop tard, désormais, la route s'achève. La vie est ainsi faite qu'on ne peut revenir sur ses pas, tenter sa chance une deuxième fois. Je dépose un baiser sur les cheveux de Geneviève. J'ai l'impression, mais je sais qu'il s'agit d'un mirage analogue à celui qui, dans le désert, fait surgir une étendue d'eau devant les yeux de voyageurs assoiffés, de sentir l'odeur de la mer. La mer depuis longtemps s'est retirée des cheveux de Geneviève, à la place sans doute ne subsiste qu'une odeur de maladie et de sueur, mais peu importe, je demeure un instant dans l'odeur des cheveux de Geneviève, et il me semble retrouver la puissance de ce qui nous a unis l'un à l'autre. J'en suis heureux.

Nous demeurons ainsi, enlacés et silencieux,

dans la tiédeur de la nuit. Geneviève, peut-être, s'est endormie : ses paupières sont closes et son corps immobile. De temps à autre j'ouvre les yeux, j'essaie de distinguer les traits de son visage, je vérifie qu'elle respire normalement. Puis, rassuré, je referme les yeux : je goûte à notre dernière nuit.

Je ne sais quelle heure il est lorsque je décide de remonter dans la chambre. Peut-être me suis-je moi aussi endormi : mon corps est engourdi et incertain. Geneviève me regarde. Je crois déceler au fond de ses yeux exsangues une trace de sourire.

— Rentrons, maintenant. Je vais te porter. Appuie-toi sur moi, de tout ton poids.

Son corps me paraît encore plus lourd qu'à l'aller. Est-ce parce que la vie s'en est depuis un peu plus retirée ? Chaque pas est difficile : je manque plusieurs fois de trébucher. Je l'entends claquer des dents. Elle a froid. J'essaie de la serrer davantage contre moi. J'aimerais tant qu'elle ne se rende pas compte de mes efforts, qu'elle puisse croire que je la porte avec la même aisance, le même élan que lorsqu'elle avait vingt-cinq ans et que je soulevais son corps en riant.

Enfin nous atteignons la maison. Je pousse la porte qui s'entrouvre avec le même grincement que tout à l'heure. Il fait moins chaud à l'intérieur. J'assieds Geneviève dans un fauteuil et je me dirige vers la cuisine. Je me force à manger un morceau de fromage : il me faut encore des forces pour les prochaines heures. Debout au milieu de la cuisine, je mâche chaque bouchée longtemps, avec application. Je n'ai pas faim mais j'avale. Je ne sais pourquoi me reviennent en mémoire les images, depuis longtemps effacées, du petit garçon que j'étais, qui mastiquait avec résignation et obéissance les pantagruéliques goûters que lui préparait sa mère, laquelle ne pouvait se résoudre à ce que son fils demeurât maigrichon, et qui tentait par tous les moyens de lui redonner de « bonnes joues ».

– Vincent ?

En une seconde je suis à côté d'elle.

– Qu'y a-t-il ?

– Je voudrais que tu me lises quelque chose.

Elle parle lentement, avec difficulté.

– Que je te lise quelque chose ? Bien sûr, mais quoi ? Qu'est-ce que tu voudrais entendre ?

Tout en parlant je regarde autour de moi : où sont les livres ? Je n'en ai pas encore aperçu un seul. Elle a dû deviner mes pensées car je l'entends murmurer :

– Sur l'étagère en bois, derrière le buffet. Il y en a très peu. Une quinzaine... Je n'ai gardé que les livres nécessaires. Ceux qui m'aidaient à vivre. Les autres… J'ai tout jeté, peu de temps après mon arrivée ici.

Je la regarde avec stupéfaction : elle qui lisait tant ! Comment a-t-elle trouvé le courage de renoncer à presque tous les livres dont elle s'était entourée durant des années ? Je ne peux m'empêcher de lui demander :

– Mais pourquoi ?

Elle articule, d'une voix éteinte, les yeux fermés :

– Je ne voulais plus m'encombrer de choses inutiles. Ne conserver que l'essentiel, la chair des choses, pour être au plus près de la vie. Ne pas m'alourdir… La vie sans Clara était si pesante… Les livres que j'ai gardés, je les ai lus et relus. Et tu sais, Vincent, chaque fois c'était la même joie qui m'emportait, qui m'apaisait. Tu ne peux pas savoir le bonheur que j'ai trouvé dans ces livres.

Je l'écoute tout en rêvant : lesquels a-t-elle choisi de garder ? Lesquels aurais-je, moi, gardés ?

– Prends-en un. Je t'attends.

J'avance vers l'étagère. Les livres sont serrés les uns contre les autres. L'étagère est à peine remplie : il y aurait eu de la place pour d'autres. Apparemment, ceux-là ont suffi à combler Geneviève durant quinze ans. J'aperçois d'abord la Bible,

119

puis des recueils de poèmes, quelques pièces de théâtre ; puis des romans. Je reste un moment à les regarder, sans oser les toucher, comme s'il émanait de chacun de ces livres, que je connais pourtant pour la plupart, quelque chose de sacré. Enfin je me souviens que Geneviève m'attend, et je me décide pour un recueil de Verlaine. Je l'attrape avec précaution. Je le reconnais : il s'agit d'une édition ancienne. Il me semble que Geneviève possédait déjà ce recueil lorsque nous nous sommes rencontrés. D'une main je caresse la couverture tout en repensant aux paroles de Geneviève. Je suis ému de savoir combien ces poèmes ont compté pour elle. Sans doute a-t-elle raison : la valeur d'une vie tient aux choix que l'on fait.

Me voilà de nouveau à ses côtés. Elle a les yeux fermés. Je lui prends la main.

– Veux-tu que nous montions dans ta chambre ?

Elle me fait signe que non. Je vais chercher une autre couverture et j'en recouvre son corps. Ses lèvres sont grises, son visage a une pâleur de cire. Elle retient ma main un instant contre elle, puis la relâche. Elle a l'air à bout de forces. J'ouvre le recueil au hasard, me penche vers elle et commence à lire :

Puisque l'aube grandit, puisque voici l'aurore,
Puisque, après m'avoir fui longtemps, l'espoir
                              [veut bien
Revoler devers moi qui l'appelle et l'implore,
Puisque tout ce bonheur veut bien être le mien,

C'en est fait à présent des funestes pensées,
C'en est fait des mauvais rêves, ah ! c'en est fait
Surtout de l'ironie et des lèvres pincées
Et des mots où l'esprit sans l'âme triomphait.

Je la regarde : elle a rejeté la tête en arrière. Sa bouche est entrouverte. Il émane d'elle une telle impression d'abandon que je reste un instant les yeux rivés sur elle, incapable de reprendre ma lecture. Cette fois, je sais que ce sont nos derniers instants ensemble. Ma gorge se serre. Ne pas céder aux larmes que je sens monter à mes paupières. Je fixe le grain de beauté noir de son cou, de toutes mes forces, jusqu'à ce que ma vue se brouille. C'est alors que j'entends sa voix, un déchirement :

– Comme c'est beau !

Je lève les yeux sur elle : son visage est celui de la joie. Je reste saisi. Je n'ose pas bouger, à peine respirer. Elle est en train de s'en aller, et son départ est un envol. Ses lèvres murmurent quelque chose que je ne comprends pas mais que je devine :

– Continue.

Je reprends le livre. Mes mains tremblent.

Je ne peux pas. Je ne peux pas.

Je la regarde encore : elle attend. Alors, me redressant soudain pour retrouver mon souffle, sans savoir si je pourrai aller jusqu'au bout, je lis, un mot après l'autre, avec lenteur et détermination :

Arrière aussi les poings crispés et la colère
À propos des méchants et des sots rencontrés
Arrière la rancune abominable ! arrière
L'oubli qu'on cherche en des breuvages
[exécrés !

Car je veux, maintenant qu'un être de lumière
A dans ma nuit profonde émis cette clarté
D'une amour à la fois immortelle et première,
De par la grâce, le sourire et la bonté...

Je prononce le dernier mot du poème dans un souffle. La joie n'a pas quitté son visage. Je me penche vers elle et je murmure :

– Le corps s'en va mais l'âme est éternelle.

Il me semble, mais je me trompe peut-être, que tout son corps a tressailli. Je l'enlace. Geneviève. Quelque chose brûle en moi, que je n'ai jamais éprouvé : cela ressemble à un feu de douleur et de joie.

Et c'est à ce moment, comme je serre Geneviève contre moi et que je dépose un baiser sur ses paupières closes, sans savoir si elle peut encore en éprouver la douceur, que le visage de Clara surgit devant mes yeux, aussi vrai, aussi réel que si mon enfant se tenait à mes côtés. C'est la première fois que je revois ses traits avec une telle netteté. L'image est d'une telle violence que je laisse échapper un gémissement, comme si on m'avait atteint en plein cœur. Je dois m'agripper au bras du fauteuil pour ne pas chanceler. Geneviève est restée immobile : sans doute ne m'entend-elle plus. Après quelques secondes l'image s'évanouit mais dans ma tête demeure un éblouissement. Les larmes coulent en silence le long de mes joues. Cette fois, je ne fais rien pour les retenir : Geneviève est déjà trop loin pour risquer de les surprendre. Je pleure à côté de Geneviève qui s'en va et qui ne sait pas que je pleure, je pleure, seul, je pleure parce que je suis impuissant à retenir Geneviève et que, au moment où je la perds, je retrouve le visage de ma fille que je croyais effacé en moi à tout jamais. Comment la vie peut-elle, dans le même mouvement, retirer et donner ?

Les premières lueurs du jour apparaissent. Je ferme la maison. Le ciel est déjà clair : ce sera encore une belle journée d'été. J'avance lentement dans l'allée bordée de fleurs, la pochette bleue de Geneviève sous le bras.

Je dépose les clés de la maison dans la boîte aux lettres de la voisine, comme il en a été convenu après l'enterrement, puis je monte dans la voiture. Avant de faire démarrer le moteur je lève une dernière fois les yeux vers les volets bleus de la maison. J'ai l'impression de sentir auprès de moi la présence de Geneviève. Sa voix grave et chantante. Je ferme les yeux. Geneviève n'est plus là mais j'ai tenu sa main jusqu'à la fin. Lorsqu'elle s'est arrêtée de respirer je lui ai fermé les yeux et j'ai déposé un baiser sur son front. Depuis la peur m'a quitté. Je tiens debout, sans vaciller.

Je roule lentement dans le village encore

endormi. Sur la place centrale, je réveille en sursaut deux chats qui somnolaient et détalent
devant moi en miaulant.

La nationale est déserte : j'avais oublié que nous
étions dimanche. Dans quatre heures tout au plus
je serai de retour à Paris. Hier soir, à la tombée de
la nuit, lorsque je me suis retrouvé seul dans la
maison, j'ai appelé Pascale. Elle a décroché tout
de suite. J'ai été heureux d'entendre sa voix. Je lui
ai seulement dit que tout était fini et que je ren-
trais. Elle ne m'a posé aucune question. Elle a
répondu : « Je t'attends. » Tout en roulant j'ouvre
d'une main la pochette bleue laissée sur le siège
voisin. J'en ressors une photo : c'est Clara, vers six
ans. Elle sourit d'un air espiègle à l'objectif. Ses
longs cheveux détachés retombent en boucles sur
ses épaules. Elle porte un pull-over gris dont je
me souviens parfaitement. Je ne me rappelle pas
avoir pris cette photo ; pourtant, c'est sans doute
moi qui en suis l'auteur : Geneviève n'en prenait
que rarement. J'ai trouvé cette photo dans le tiroir
de la table de chevet de Geneviève, juste après sa
mort. Elle est légèrement jaunie, les coins racor-
nis : sans doute Geneviève l'a-t-elle contemplée et
serrée contre elle un nombre incalculable de fois.
Je repose la photo et ferme la pochette. Quand
parcourrai-je ces cahiers ? Je ne le sais pas : je ne

126

crois pas avoir envie de lire ce que Geneviève a éprouvé durant les heures noires que nous avons traversées ensemble. Les savoir auprès de moi me suffit : c'est ce que désirait Geneviève.

Les images de ces dernières journées défilent dans ma tête. Je ne sais pourquoi je revois, avec une particulière netteté, la peau diaphane du visage de Geneviève reposant sur l'oreiller. Ce visage que j'ai enduit de crème quelques heures avant sa mort, alors que Geneviève sombrait dans le coma, parce que je voulais que sa peau reste douce. Sans doute cela paraîtra-t-il un geste dérisoire, mais où est l'essentiel lorsque le corps s'en va ? J'ai voulu croire que mes mains sur son front, ses joues, ses lèvres, s'appliquant à faire pénétrer la crème, sauraient lui murmurer, mieux que n'importe quelle parole, que jusqu'au bout je l'accompagnerais.

Je pense à Pascale. Sans doute irons-nous nous promener, marcher en silence sur les quais de Seine, puis nous arrêterons-nous pour boire un verre et manger quelque chose. Il fera chaud. Elle aura mis la robe beige que j'aime et je la regarderai. Elle ne me posera aucune question et je lui en serai reconnaissant. Puis nous rentrerons chez nous. De Geneviève je ne lui parlerai pas, parce que notre histoire n'appartient qu'à nous et que je veux garder en moi, comme un souvenir lumineux, nos derniers pas ensemble.

Mais peut-être aurai-je envie de lui montrer la photo de Clara et de lui dire que c'est ma fille. Peut-être aurai-je envie de lui parler de Clara, de ses longs cheveux et de son air grave, de ses cours de violon, de son amie Camille et des poupées qu'elle ne manquait jamais de coucher le soir dans son lit avant de s'endormir. Oui, je crois que je serai heureux de lui raconter notre histoire.